Anita Brandner

Kater Bruno und die 4

Dieses Buch wurde anlässlich des von der
Kärntner Landesregierung veranstalteten Wettbewerbes mit dem
Jugendbuchpreis 2016 ausgezeichnet.

LAND KÄRNTEN
Jugendreferat

Die Herstellung des Buches wurde durch Fördermittel des
Landesjugendreferates Kärnten ermöglicht.

der wolf verlag
9400 Wolfsberg
Umschlaggestaltung: der wolf verlag
unter Verwendung eines Bildes von *gem*
Druck: Druckerei Theiss, 9431 St. Stefan

ISBN: 978-3-902608-73-4

Anita Brandner

Kater Bruno und die 4

Der Juwelenraub

der wolf verlag

Für meine Kinder
Ihr seids die Besten

Der Juwelenraub

Endlich waren die ersehnten Sommerferien da.
Die letzten Schulwochen hatten sich endlos dahingezogen. Die Zeugnisse waren recht gut ausgefallen.
Marco und seine Schwester Emely kramten schon seit den frühen Morgenstunden in ihren Zimmern herum. Voll Aufregung wurden die Sachen für die Reise zu den Großeltern in die Koffer gepackt.
Jetzt war es aber soweit. Marco stopfte die letzten Sachen in seinen Koffer und schloss mit Schwung den Deckel. Dann schob er ihn in den Vorraum und schleppte den Koffer über die Treppe nach unten, wo seine Eltern schon ungeduldig warteten.

„Bring ihn gleich zum Auto, damit wir los können. Ich habe keine Lust, wieder in einen Stau zu kommen", wies ihn Vater an und rief dann ungeduldig ins Obergeschoß hinauf: „Emely , kommst du heute noch?"
Als Antwort rumpelte mit Getöse ein Koffer die Treppe herab und kam genau vor seinen Füssen zum Stillstand.
„Sorry, wollte ich nicht", ertönte Emelys Stimme übers Treppengeländer und keine Minute später stand auch sie vor ihren Eltern.
Mutter musste lachen, weil man konnte den Kindern einfach nicht böse sein.
Sie freuten sich nun einmal so sehr darauf, ihre Sommerferien bei Oma und Opa in Stegdorf zu verbringen. Es war für diese Ferien die beste Lösung, da die Kinder nun groß genug waren, um auch allein die Zeit am Land zu verbringen.
Da auch Leni und Tobias, die Kinder von Mamas Schwester die Ferien bei den Großeltern verbringen durften, stand allen eine schöne Zeit bevor.

Um acht Uhr saßen alle im Auto. Es konnte endlich losgehen. Ganze vier Stunden dauerte die Reise von Kronstein nach Stegdorf.
Pünktlich um 12 Uhr bogen sie auf den Hof der Großeltern ein. Noch ehe das Auto zum Stillstand kam, liefen Oma und Opa auch schon aus dem Gasthof, den sie be-

trieben, da sie die Ankunft vom Küchenfenster aus beobachtet hatten.
Trotz des Mittagsgeschäftes ließen es sich die beiden nicht nehmen, alle in die Arme zu schließen. Es war immerhin schon einige Monate her, dass sie sich gesehen hatten.
Oma und Opa dirigierten die ganze Gesellschaft in die Küche. Dort gab es am großen Küchentisch erst einmal was Gutes zu Essen. Oma war eine ausgezeichnete Köchin und deshalb waren auch die Tische in der Gaststube und draußen auf der Terrasse dicht besetzt.

Anton, die rechte Hand von Oma in der Küche, begrüßte alle herzlich, um dann konzentriert weiter die bestellten Speisen auf den Tellern anzurichten.
Auch die drei Kellnerinnen ließen es sich nicht nehmen, ein paar Worte mit dem Besuch zu wechseln, bevor sie wieder mit Tellern beladen in den Gastraum liefen.
Opa wurde hinter der Theke gebraucht und verließ die Küche. Neben der Bewirtschaftung des Hofes half er in der freien Zeit auch gerne hinter der Theke oder in der Küche.
Sie waren alle ein eingespieltes Team und deshalb war der kleine Gasthof auch ein beliebtes Reiseziel, auch wegen seiner günstigen Lage zu vielen Ausflugszielen in der näheren Umgebung.

Nach dem Essen halfen alle einige Zeit in der Küche mit und um vierzehn Uhr kehrte endlich etwas Ruhe ein.
„Ich hoffe die Kinder machen dir nicht noch zusätzliche Arbeit. Ihr habt ja schon so genug zu tun", gab Mama zu bedenken.
Aber Oma lachte nur. „Aber nein! Ich freue mich so, dass ich die Kinder die ganzen Ferien bei uns habe. Hier wird es ihnen sicher nicht langweilig. Morgen kommen ja auch noch Tobias und Leni und dann sind wir komplett."
Marco und Emely freuten sich heute schon schrecklich auf die zwei, die sie ja sonst auch nur immer ein paar Tage im Jahr sahen. Sie fanden es einfach toll, dass die Eltern von Tobias und Leni und ihre eigenen Eltern sich dazu entschlossen hatten, ihnen die Sommerferien bei den Großeltern zu ermöglichen.
Da alle nicht so lange Urlaub hatten und die Kinder den Großteil der Ferien allein zuhause verbringen müssten, war dies eine gute Lösung.

Die Eltern machten sich bald danach auf die Heimreise, da beide am nächsten Tag wieder arbeiten mussten.
„Lieber würde ich auch hierbleiben und Urlaub machen", Papa seufzte als er sich wieder hinter das Steuer setzte. Dann winkte er allen nochmal zu und Mama verdrückte sogar ein paar Tränen, da sie jetzt schon wusste, dass sie die Kinder vermissen würde.

Am nächsten Morgen warteten die Kinder den ganzen Vormittag ungeduldig auf die Ankunft von Leni und Tobias. Sie sollten mit dem Zug um 11 Uhr kommen, und Opa hatte sich auf den Weg gemacht, um die beiden abzuholen.
Endlich bog das Auto in die Einfahrt und alle stürzten ins Freie, um die Ankömmlinge zu begrüßen.
Die Kinder hatten sich so viel zu erzählen.

Es dauerte ewig bis alle endlich am Mittagstisch saßen. Es gab Faschierten Braten mit Erdäpfelpüree und als Nachspeise Vanillepudding – einfach unbeschreiblich gut. Emely konnte es nun nicht mehr für sich behalten und sie rückte mit der Überraschung heraus.
„Ihr könnt euch nicht vorstellen, wo wir schlafen dürfen!"
„Mach's nicht so spannend. Wo denn?", fragte Tobias.
„Auf dem Dachboden!"
Opa hatte sich bei der Quartierbeschaffung für seine vierköpfige Enkelschar wirklich übertroffen.
Der Dachboden war nicht wiederzuerkennen.
Auf dem Boden waren zwei riesige Matratzen aufgebreitet – kuschelige Decken und Polster darauf.
Ein Tisch mit vier Stühlen hatte hier seinen Platz gefunden und ein Schrank für die Kleider. In der Ecke hatte Opa sogar einen kleinen Vorratsschrank mit Geschirr, Keksen, Getränken und Süßigkeiten angelegt.

„Damit ihr mir nicht verhungert", schmunzelte er.
Die Kinder jubelten begeistert, denn sie liebten den Dachboden sehr und hatten schon bei früheren Besuchen immer dort oben gespielt.

Über eine kleine Leiter konnte man ihn vom zweiten Stock des Hauses erreichen, aber es gab noch einen viel spektakuläreren Eingang.
Im hinteren Teil des Dachbodens gab es eine Luke und dort konnte man ein dickes Brett hinausschieben zum gegenüberliegenden Hang, der nur einen Meter entfernt lag.
Von da aus erreichte man einen kleinen Weg, der über eine schöne Wiese führte, an welche ein Wald grenzte.
Und dort war der absolute Lieblingsplatz der vier Kinder.
Ein kleiner Teich breitete sich aus, in dem man schwimmen konnte und es gab sogar einen kleinen Wasserfall.
Dieser platschte von einem Felsen im Wald herunter.
Die Ferien konnten beginnen. Alle fühlten sich wie im Schlaraffenland.
Den Rest des Tages richteten sie sich den Dachboden noch ein. Er sah bald wie eine kleine Wohnung aus.
Als Oma zum Abendessen rief, hatten sie es endlich geschafft.
An diesem Abend waren alle müde. Oma schickte alle zeitig ins Bett, und schon bald war vom den Kindern nichts mehr zu hören.

Am nächsten Morgen war Emely als Erste wach und sie weckte alle auf.
„Ich habe gut geschlafen”, gähnte Tobias. Marco und Leni brauchten etwas länger, um sich zurechtzufinden, aber bald saß die ganze Meute fröhlich beim Frühstück am Küchentisch.

„Na, was werdet ihr heute unternehmen?”, wollte Oma wissen. Aber die Antwort wurde ihr abgenommen, denn Opa rief im Hof laut nach den Kindern.
„Schnell, beeilt euch!”
Die vier stürzten hinaus und folgten Opa in den Stall. Ein neues Schaf war in der Nacht zur Welt gekommen und Emely und Leni hatten auch gleich den passenden Namen gefunden.
„Wir nennen es Lisa!” Opa war damit einverstanden. Die Jungs gaben keinen Kommentar dazu ab. „Mädchenkram”, flüsterte Marco dem grinsenden Tobias zu. Aber trotzdem waren auch die Jungs total begeistert von dem kleinen Schaf.

Sie knuddelten es so lange, bis es dem Mutterschaf zu viel wurde und Opa sie wieder aus dem Stall scheuchte.
„Auf geht's, sonst können wir vor dem Mittagessen nicht mehr zum Teich”, gab Marco zu bedenken, „ oder wollen wir Oma lieber in der Küche helfen?”

Doch Oma scheuchte die Kinder aus der Küche und Anton drückte ihnen einen riesigen Korb mit einem Picknick in die Hände.
„Eure Oma hat schon alles vorbereitet, damit ihr bei dem schönen Wetter den ganzen Tag am Teich bleiben könnt."
„Passt gut auf euch auf!" rief Oma ihnen noch hinterher, bevor sie wieder zu ihren Töpfen eilte. Aber sie wusste, dass sie sich keine Sorgen machen musste, denn alle konnten sehr gut schwimmen.
Die Kinder holten ihre Badesachen vom Dachboden und kletterten über das Brett ins Freie. Sie liefen die kurze Strecke zum Teich und hüpften gleich in die Fluten. Übermütig tollten sie im Wasser und die Zeit verging wie im Flug.

In der Ferne hörten sie die Kirchturmglocke läuten und Emely und Leni breiteten eine große Decke aus und leerten den Korb.
Oma hatte ein köstliches Mittagessen gezaubert. Es gab Erdäpfelsalat mit Wienerschnitzel und als Nachspeise hatte sie einen ganzen Kuchen und Obst eingepackt. Die Kinder tranken die gekühlte Limonade und aßen mit großem Appetit fast alles auf.
„Ich glaube, ich platze", stöhnte Tobias und ließ sich mit einem Seufzer auf die Decke zurückfallen. Die anderen wollten auch im Schatten etwas ausruhen.

Sie schliefen ein und als sie wieder aufwachten, stand die Sonne tief am Himmel. Es war schon fast vier Uhr.
Tobias und Emely liefen nochmal ins Wasser und tauchten beim Wasserfall.
Leni und Marco wollten lieber noch einen riesigen Blumenstrauß auf der Wiese für Oma pflücken.

Plötzlich ertönten laute Schreie vom Wasserfall. Emely rief aufgeregt nach ihnen und Leni und Marco stürmten zum Ufer des Teiches. Prustend kam Emely angeschwommen. Von Tobias war nichts mehr zu sehen.
„Ihr erratet nie, was wir gefunden haben! Schnell kommt ins Wasser!"
Leni und Marco schwammen der aufgeregten Emely hinterher und diese hielt kurz vorm Wasserfall an. Hier war das Wasser nicht besonders tief und alle konnten stehen.
„Was ist denn, und wo ist Tobias?", ängstlich sah sich Marco um. „Ihr müsst durch den Wasserfall tauchen und dann werdet ihr schon sehen". Schwupps war auch Emely verschwunden.

Marco und Leni fassten sich ein Herz und holten tief Luft, um durch das herunterströmende Wasser zu tauchen. Nach einigen Schwimmzügen tauchten sie wieder auf und staunten nicht schlecht.

Hinter dem Wasserfall lag eine kleine Höhle. Tobias und Emely hatten es sich schon am Boden dieser gemütlich gemacht. Der Boden war mit feinem Sand bedeckt und einige Felsbrocken lagen am Rand. Durch einen kleinen Spalt an der Höhlendecke fielen die Sonnenstrahlen herein und tauchten dieses Versteck in ein sanftes Licht.
Alle sahen sich sprachlos um. Jetzt waren sie schon so oft hier geschwommen, aber noch nie hatten sie diese Entdeckung gemacht.

Sie beratschlagten, wie man von oben in die Höhle gelangen könnte, denn eines war klar. Dies war ihr neuer Lieblingsplatz.
„Wir müssen den Einstieg von oben suchen und dann können wir sicher ein Seil befestigen und daran rauf- und runterklettern."
„Ja," gab Emely zu bedenken, „aber sicher erst Morgen, denn es ist schon spät. Wir müssen heim, sonst machen sich alle Sorgen."
Die anderen gaben ihr Recht und sie verließen die Höhle wieder auf dem Weg durchs Wasser.

Schnell packten sie die Sachen zusammen und liefen nach Hause. Oma stand schon vor der Tür und hielt Ausschau. Sie konnte die aufgeregten Kinder gar nicht beruhigen, als sie von ihrer Entdeckung am Teich berichteten.

Beim Abendessen erzählte Opa, dass auch er als Kind immer in dieser Höhle gespielt hatte. Es war sein Lieblingsplatz.
„Sucht den Eingang nur selbst, ich verrate dazu nichts", schmunzelte Opa. Er dachte nicht daran, den Kindern den Spaß zu verderben.

Nach dem Essen besuchten die vier das neugeborene Schaf Lisa im Stall und halfen Opa bei der Stallarbeit. Ausmisten gehörte zwar nicht zu ihrer Lieblingsbeschäftigung, aber dies musste auch sein.
Nach einer ausgiebigen Dusche zogen sie sich auf den Dachboden zurück, um den morgigen Tag zu planen. Sie knabberten Kekse und tranken dazu einen von Anton selbstgemachten Melissensaft.
Danach kuschelten sich alle in ihre Decken und konnten nur schwer einschlafen. Aber schließlich hörte man doch kein Wort mehr.

Stunden später wurde Tobias noch einmal wach. Etwas war über ihn gelaufen.
„Es wird doch nicht wirklich irgendein ungebetenes Tier hier im Dachboden herumschleichen?"– Er knipste seine Taschenlampe an und leuchtete den Dachboden aus, aber er konnte nichts entdecken.

„Ich habe sicher nur geträumt. Hier gibt es keine Ratten." Ganz wohl war ihm nicht, aber schließlich übermannte ihn doch wieder der Schlaf.

Am nächsten Morgen erzählte er den anderen am Frühstückstisch von seinem Erlebnis. Opa versicherte, dass es keine Ratten, höchstens ein paar Mäuse dort oben gibt. Alle lachten Tobias aus, da er sicher geträumt hatte. Nach dem Frühstück holten sie sich bei Opa in der Werkstatt ein dickes Seil und machten sich gleich auf den Weg zum Teich.
„Aber heute kommt ihr Punkt zwölf zum Mittagessen. Es gibt eure Lieblingsspeise Buchteln mit Vanillesauce!", rief Oma hinterher.

Bald war die Gruppe beim Teich angekommen.
Tobias hatte sich alle paar Meter umgedreht.
„Was ist heute nur mit dir los?", fragte seine Schwester.
„Keine Ahnung – ich fühl mich heute wie verfolgt."
Emely schüttelte den Kopf. „Dein Traum hat dir wirklich nicht gut getan".
Da waren sie auch schon am Teich angelangt. Sie kletterten den Hügel im Wald neben dem Wasserfall hinauf und begaben sich auf die Suche nach dem Einstieg.
Sie suchten planlos die Umgebung ab, aber es war nichts zu sehen, das auf einen Höhleneingang hindeutete.

„Passt bloß auf, dass dann keiner reinfällt!”, rief Marco und verschwand in diesem Augenblick von der Bildfläche.

Gott sei Dank war er ohne Verletzung am weichen Sandboden der Höhle gelandet. Er hatte den Eingang, der von Himbeerranken verdeckt war, endlich gefunden. Die Übrigen knieten vor dem Loch im Boden und lugten in die Tiefe – naja es waren nur ungefähr drei Meter. Zum Reinhüpfen aber vielleicht doch nicht so geeignet.
Tobias machte in das Seil in kleinen Abständen Knoten hinein, um den Halt beim Klettern zu sichern. Dann schlang er das eine Ende um den dicken Strauch, dessen Äste das Loch fast verdeckten und band es hier fest.

Bald waren alle in der Höhle angekommen. Hier war es im Gegensatz zur Hitze draußen angenehm kühl.
„Hört ihr das auch?”, Emely hielt den Atem an.
Jetzt konnten es die anderen auch hören – oben am Eingang der Höhle waren scharrende Geräusche zu hören. Es war ein unheimliches Geräusch.

Plötzlich gab es einen Plumps und inmitten der Kinder landete eine schwarze Katze mit weißen Ohren und weißem Schwanz. Man konnte nicht sagen, wer mehr erschrocken war. Alle waren mucksmäuschenstill und starrten sich gegenseitig an. Die Schnurrhaare der Katze zitterten und sie klopfte nervös mit dem Schwanz auf den Boden. Sie starrte die Kinder durchdringend mit ihren dunklen Augen an. Dann ließ sie ein zaghaftes „Miau", hören und rollte sich auf den Rücken.

Marco erwachte zuerst aus seiner Erstarrung und flüsterte: „Die ist ja knuffig – ich glaub sie will gestreichelt werden." Sanft berührten die Kinder den Eindringling und die Katze fing laut zu schnurren an.
Alle hatten sich wieder beruhigt und mussten nun doch lachen.
„Du bist also unser Verfolger gewesen, und wahrscheinlich warst du auch heute Nacht auf dem Dachboden und bist über mich getrampelt", Tobias war erleichtert, er hatte also noch keine Halluzinationen.
„Dich nehmen wir mit zu Oma und Opa, die haben bestimmt nichts dagegen, wenn du bei uns bleibst."
„Einstimmig beschlossen", verlautete Emely, „jetzt gehen wir schwimmen."
Das ließen die anderen sich nicht zweimal sagen. Rasch schlüpften sie in ihre Badesachen und tauchten unter den Wasserfall ins Freie.
Die Katze blieb zusammengerollt am Höhlenboden zurück.

„Wir müssen sie dann in der Badetasche nach oben ziehen, sonst kommt sie aus der Höhle nicht mehr heraus", prustete Leni als sie auftauchte.
Doch das Problem löste sich in diesem Fall ganz von selbst.
Die Kinder waren keine halbe Stunde im Wasser, als neben ihnen wie aus dem Nichts die Katze auftauchte. Sie paddelte gemütlich zum Ufer, schüttelte sich und streckte sich zum Trocknen auf einem Stein aus.
„Ich glaub mich tritt ein Dromedar. So was habe ich noch nie gesehen, seit wann können Katzen schwimmen?", Emely konnte es nicht glauben. Auch die anderen starrten fasziniert auf die klatschnasse Katze, die sich gemütlich in der Sonne trocknen ließ.

Es wurde jetzt auch Zeit für den Nachhauseweg, denn das köstliche Mittagessen wollte sich natürlich niemand entgehen lassen. Die Kinder trockneten sich in der Höhle schnell ab und kletterten das Seil hinauf. Sorgfältig deckten sie wieder die Himbeerranken darüber, denn niemand außer ihnen sollte den Eingang zur Höhle finden. Dies sollte ihr Geheimversteck bleiben.
Schnell eilten die Kinder zum Ufer, um ihren neuen Freund mitzunehmen, aber der war verschwunden. Laut riefen sie nach der Katze, aber sie tauchte nicht mehr auf. Zuhause angekommen, wussten sie auch warum.

Die Katze saß einträchtig mit den Katzen von Oma und Opa vor der Küchentür und schleckte Milch aus einem Napf.
Voll Begeisterung erzählten die vier ihr Erlebnis mit der schwimmenden Katze.
Da staunten auch Opa und Oma nicht schlecht.

Anton, der gerade eine große Pfanne abwusch, erzählte, dass er schon mal von schwimmenden Katzen gehört hatte, allerdings nicht, dass sie freiwillig ins Wasser gingen.
Opa wusste einiges zu der Katze zu erzählen, da sie ihm nicht so unbekannt war.
„Eure Katze ist eigentlich ein Kater und ein Streuner, der einmal im Wald und ein anderes Mal im Stall zu sehen ist. Er taucht schon seit einigen Tagen immer wieder hier auf. Ich nenne ihn immer Kater Bruno, weil er mich an einen Gast erinnert, der auch immer nur zum Essen kam und sonst den ganzen Tag im Wald unterwegs war, um seltene Vögel zu beobachten und dieser Gast hieß Bruno."
„Der Name passt genau zu ihm. Danke Opa.", sagte Emely.
„Jetzt brauchen wir keinen Namen mehr suchen."

Oma hatte auch nichts dagegen, als die Kinder darum baten, den Kater im Dachboden Unterschlupf zu geben.

Doch Kater Bruno hatte sowieso seinen eigenen Kopf. Den Rest des Tages sonnte er sich auf der Gartenbank, umschwärmt von Omas restlichen Katzen.

Emely und Tobias fuhren mit Opa auf dem Traktor aufs Feld um beim Ausbessern der Zäune zu helfen. Marco und Leni halfen Oma und Anton in der Küche.
Die Tische waren an so einem schönen Nachmittag alle besetzt und Oma konnte ihre Hilfe wirklich gut gebrauchen.
Gegen sechs Uhr war dann alles vorbei und Opa, Emely und Tobias kamen auch vom Feld zurück. Es gab eine gute Speckjause im Garten. Dort stand unter dem großen Apfelbaum ein riesiger Tisch, der allen Platz bot.
Alle ließen es sich schmecken und auch Kater Bruno erschien, um sich einige Leckerbissen abzuholen. Danach verschwand er wieder im Wald.
Erst Stunden später, als alle schon in ihren Betten lagen, tauchte er wieder im Dachboden auf. Er war anscheinend die Regenrinne bis zur Luke hinaufgeklettert. Bruno war wirklich ein einzigartiger Kater.
Er trampelte eine Weile auf dem Bett der Jungs herum, um sich dann doch zwischen den Mädchen für die Nachtruhe niederzulassen. „Hoffentlich erdrück ich ihn nicht", murmelte Emely schlaftrunken, aber es hörte sie schon keiner mehr, denn alle waren bereits eingeschlafen.

Am nächsten Morgen wurden die vier schon früh von Oma geweckt, denn heute war Markttag und die Kinder wollten mit Opa hinfahren und ihm beim Verkauf am Stand helfen.

Einmal im Monat fuhr Opa zusammen mit einem Helfer in die nächste Stadt, um dort selbstproduzierte Waren zu verkaufen. Erdäpfel, Paradeiser, selbstgemachte Marmeladen, Honig und Joghurt waren bald im Lieferwagen verstaut und sie zogen los.
Nach einer halben Stunde waren sie auch schon angekommen und halfen den Stand aufzubauen.
„Wen haben wir denn da?", schmunzelte Opa, als er einen Erdäpfelsack von der Ladefläche nahm.
Und da saß Kater Bruno und putzte sein Fell, als ob es selbstverständlich wäre, dass er mitgekommen war.
„Hoffentlich haut er nicht ab", gab Marco zu bedenken.
Alle hatten Angst, dass der Kater gleich verschwinden würde, aber dieser hüpfte elegant aus dem Wagen und setzte sich auf die Motorhaube des Autos, wo er sich auch nicht mehr wegbewegte.

Die Marktbesucher waren von ihm begeistert und Opa verkaufte an diesem Tag mehr als sonst mit dieser Attraktion. Nach vier Stunden war fast alles ausverkauft und Opa strahlte als er die Einnahmen zählte.

Der Stand wurde wieder abgebaut und auf der Heimfahrt thronte Kater Bruno am Beifahrersitz, von dem er sich auch nicht verscheuchen ließ. Die Kinder drückten sich auf die Rückbank und gönnten ihm seinen Platz neben Opa. Dieser tätschelte ihm ab und zu den Kopf.

Oma staunte nicht schlecht, als sie die Geschichte zu hören bekam. Beim Mittagessen gab es daher auch für die Katzen eine Extraportion Fleisch aus der Küche. Obwohl sie in der Zwischenzeit schon zu dem Ergebnis gekommen waren, dass es nichts gab, das Kater Bruno nicht fraß. Am Nachmittag war Zeit für einen kurzen Ausflug in den Wald, auf dem sie der Kater wieder begleitete.
Er war wirklich wie ein Hund und gehorchte meistens aufs Wort. Da hatten sich Freunde fürs Leben getroffen und das lag wahrscheinlich auch daran, dass immer irgendeine Hand ein Leckerli für die Begleitung übrig hatte. Er verteilte seine Gunst an alle gleich, aber Leni war schon seine Favoritin. Die anderen waren nicht eifersüchtig, denn sie vergönnten Leni die Freude, da sie erst vor kurzer Zeit ihre Katze durch einen Autounfall verloren hatte und darüber noch immer sehr traurig war.

Die Kinder kletterten auf Bäume und erkundeten die verschlungenen Waldpfade nach allen Seiten. Kater Bruno stellte sich wirklich als talentierter Spurensucher heraus, denn als sie Verstecken spielten, war es stets der Kater, der alle wieder fand. Bald waren all total ausgepowert und sie machten sich auf den Heimweg.

Es war schon wieder Zeit fürs Abendessen. Es gab eine leckere Gulaschsuppe.
Nach dem Essen spielten alle gemeinsam noch einige Brettspiele und besuchten natürlich auch die kleine Lisa im Stall. Das Schaf stakte nun schon ganz tüchtig im Stall herum. Das Mutterschaf hatte genug zu tun, den kleinen Wirbelwind im Zaum zu halten.

Kater Bruno interessierte sich auch brennend für das kuschelige Etwas und versuchte auf den Rücken des Schafes zu springen. Das Schaf machte einige Bocksprünge und entledigte sich so seines Reiters, aber nach dem Herumtollen ließ sich der Kater neben dem Schaf nieder. Er rollte sich gemütlich zum Schlafen zusammen. Die Schafmutter unterzog ihn einer gründlichen Reinigung und leckte sein Fell genauso sauber wie das ihres Sprösslings.
„Ich glaube so schnell verlässt er diesen tollen Schlafplatz nicht mchr", Leni freute sich für ihren Begleiter, obwohl sie ihn lieber im Dachboden schlafen hätte sehen wollen.
Marco und Tobias lieferten sich noch eine Heuschlacht mit den Mädchen und dann verzogen sich alle nach oben.
„Ist euch eigentlich aufgefallen, dass uns unsere Handys

und die Tablets gar nicht fehlen?", Tobias drehte sich zu seinen Freunden um.
„Du hast Recht, man kann auch ohne leben", pflichteten ihm die anderen bei und sie beschlossen die Geräte auch künftig nur im Notfall zu benützen. Oma hatte vorsorglich alles in der großen Schublade im Thekenbereich verstaut. Trotzdem telefonierten sie immer abends vor dem Schlafen gehen mit ihren Eltern, damit diese auch wussten, dass alles in Ordnung war.

„Ach, die Ferien sind einfach wunderschön", seufzte Marco und die anderen pflichteten ihm bei. Kurz bevor sie ihre Taschenlampen löschten erschien auch Kater Bruno wieder auf der Bildfläche. Er platzierte sich wieder zwischen den Mädchen.
Der nächste Tag brachte wieder einige Aufregung in den Tagesablauf. Oma rannte schon während des Frühstücks aufgeregt hin und her. Sie gab ihrem Personal Anweisungen.
Heute sollten zwei Pensionsgäste eintreffen, die zwei der gemütlichen Zimmer, die Oma ab und zu vermietete, beziehen wollten.
Die Mädchen boten ihre Hilfe bei der Vorbereitung der Zimmer an und Oma nahm dies dankend in Anspruch.

Sie musste auch noch drei Torten backen, denn für den Nachmittag hatte sich auch eine Geburtstagsfeier mit zwanzig Personen angekündigt. Heute half neben Anton auch noch eine Frau aus dem Dorf bei den Vorbereitungen für das Fest mit und es herrschte bald hektische Betriebsamkeit im kleinen Gasthof.

Opa verzog sich mit Tobias und Marco in die Werkstatt, wo sie sich gemeinsam an die Reparatur der Motorsäge und des Rasenmähers machten. Es war auch die nächsten drei Stunden von ihnen nichts zu hören und zu sehen. Erst der Duft des Schweinsbratens mit Semmelknödel und Sauerkraut lockte wieder alle an einen gemeinsamen Tisch.

Die Zimmer waren fertig und die letzte Torte hatte gerade ihren Weg aus dem Backofen gefunden. Alle lehnten sich nach dem deftigen Essen geschafft zurück.

Kater Bruno hatte sich unter dem Tisch als Staubsauger betätigt, denn zahlreiche Schweinsbratenstückchen hatten den Weg unter den Tisch gefunden.

Er schnurrte zufrieden und verzog sich Richtung Gartenbank, um ein Verdauungsschläfchen zu halten. Das hätten heute alle gern getan, aber Oma scheuchte alle bald wieder auf.

„Los noch sind wir nicht fertig, die Tische müssen noch gedeckt werden und ich bräuchte dringend noch Blumenschmuck zur Dekoration.“
Emely und Leni machten sich gleich auf den Weg in Omas schönen Blumengarten und banden tolle Sträuße in Gelb und Weiß, passend zu Tischdecken und Servietten. Marco und Tobias halfen Opa und einem Helfer noch das Tränkebecken im Stall zu reparieren. Dann musste sich auch Opa in Schale werfen, denn bei dem Betrieb am Nachmittag und der Geburtstagsfeier half er natürlich hinter der Theke aus. Tobias und Leni gingen ihm zur Hand und Emely und Marco halfen in der Küche.

Der Nachmittag war durch die viele Arbeit bald vorbei. Es war ein voller Erfolg gewesen. Alle waren zufrieden und konnten sich gar nicht mehr auf den Beinen halten. Die angekündigten Pensionsgäste waren auch bis 18 Uhr noch nicht eingetroffen. Oma machte sich schon Sorgen, dass etwas passiert wäre.

Doch während alle beim Abendessen saßen, hörten sie plötzlich die Reifen eines Autos am Kies knirschen.
Oma übernahm die Begrüßung des ersten Gastes. Die Kinder lugten aus dem Küchenfenster und erkannten, dass es sich um einen kleinen dicken Mann mit Vollglatze handelte. Er war ungefähr 55 Jahre alt. Er hievte drei Koffer

aus dem Kofferraum des Taxis und Anton schleppte sie auf das Zimmer.
Eine halbe Stunde später entstieg einem schwarzen BMW ein großer schlanker Mann um die dreißig und somit war die Gästeschar komplett.

Die Kinder überprüften neugierig das Gästebuch in das sich die zwei Herren eingetragen hatten. Sie lasen die Namen: Ortner und Müller.
Herr Ortner war der Herr, der mit dem Taxi gekommen war. Als Beruf hatte er Ornithologe eingetragen. „Was ist ein Ornithologe?", wollte Emely wissen.
Marco war wie immer ein wandelndes Wörterbuch und erklärte ihr, dass es sich hierbei um einen Vogelforscher handelte. Das erklärte auch seine vielen Koffer, die er mit sich schleppte.
„Das ist voll interessant, vielleicht nimmt er uns mal auf einen seiner Streifzüge durch den Wald mit?", freute sich Tobias, der sich auch sehr für Vögel interessierte.

Herr Müller, der mit dem eigenen Auto angereist war, hatte sich als Versicherungsvertreter eingetragen. Er war sicher auf Geschäftsreise, denn er reiste nur mit wenig Gepäck. Beide hatten noch kein Abreisedatum eingetragen.

Damit hatte auch der heutige Tag seinen Abschluss gefunden.
Müde krochen die Kinder in ihre Betten.
Kater Bruno tauchte in dieser Nacht nicht auf. Ein Rendezvous mit einigen Mäusen im Wald reizte ihn anscheinend mehr.

Das Frühstück am nächsten Morgen fiel noch besser aus als sonst. Die Kinder profitierten von den Gästen, denen Oma ein kleines Buffet zusammengestellt hatte. Es gab alles, was das Herz begehrte, von Eiern mit Speck, über Wurst und Käse, bis hin zu verschiedenen Aufstrichen, Müsli und frisch gepressten Orangensaft. Oma machte da keinen Unterschied, ob nun zwei oder zehn Gäste zu bewirten waren.
Kater Bruno tauchte auf und verdrückte eine Portion Schinken und ein hartgekochtes Ei, das Oma vom Tablett gerollt war.

Die zwei Männer hatten anscheinend schon früh das Haus verlassen, denn es war keiner der beiden zu sehen.
Die Kinder aßen bis sie nicht mehr konnten. Die Reste packten sie dann für ein Picknick ein, denn sie wollten heute wieder den ganzen Tag am Teich verbringen.
Es war zehn Uhr morgens und die Sonne brannte schon heiß vom Himmel.

Auf dem Weg zum Teich blieb Kater Bruno abrupt stehen und fing mit aufgestellten Nackenhaaren bedrohlich zu knurren an.
„An dem ist wirklich ein Hund verloren gegangen". Tobias sah sich nach allen Seiten um. „Was hört der bloß? Hier ist doch weit und breit nichts zu sehen!"

Doch er hatte sich getäuscht, denn hinter der nächsten Wegbiegung tauchte Herr Ortner, der Vogelkundler, mit Fernglas bewaffnet, auf.
Die Kinder grüßten freundlich, aber außer ein paar Grunzern war dem Mann nichts zu entlocken. Er drängte sich an ihnen vorbei und eilte in eine andere Richtung. Bald wäre er noch auf den Kater getreten, der nun beleidigt pfauchte.
„Ein unfreundlicher Typ. Ich glaube nicht, dass ich mit dem mehr zu tun haben möchte", stellte Marco fest.
„Er scheint nur Vögel aber keine Kinder zu mögen."
Emely raunte Leni leise zu: „ Wenn er wüsste, dass Marco auch ab und zu einen Vogel hat, würden sie sich sicher besser verstehen."
Leni lachte laut auf.
Sie ließen sich die gute Laune durch den seltsamen Gast nicht verderben.
Alle schwammen im warmen Wasser und Kater Bruno tummelte sich auch heute zwischen ihnen. Er brachte es

sogar fertig, bei einem Tauchgang einen kleinen Fisch zu ergattern. Er zog sich damit in den Schatten einer Tanne zurück, und begann genüsslich darauf herumzukauen.
Die Kinder setzten sich auch unter die Bäume und verputzen ihren Proviant bis auf den letzten Krümel. Nach einem kleinen Mittagsschläfchen tollten sie noch im Wald und in der Höhle herum. Dann ging es wieder heim.

Im Hof trafen sie auf den zweiten Gast Herrn Müller, der anscheinend gerade von einem Dauerlauf zurückgekehrt war. Er sprach einige freundliche Worte mit Opa und den Kindern, aber auch hier pfauchte Kater Bruno, als er sich niederbeugte um ihn zu streicheln.
„Der ist mir auch nicht geheuer", murmelte Leni und alle konnten ihr nur zustimmen.

Die Kinder verzichteten darauf, das Abendessen gemeinsam mit den zwei Gästen im Garten einzunehmen. Oma und Opa hatten nichts dagegen, dass ein Brotlaib mit Wurst und Käse auf den Dachboden verschwand. Nach dem gemütlichen Essen vertieften sich fast alle in die mitgebrachten Bücher.
Nur Tobias, der ein richtiger Lesemuffel war, übte mit Kater Bruno das Apportieren von kleinen Bällen. Es funktioniert wirklich. Brav brachte Kater Bruno alle Bälle wieder zu Tobias und legte sie vorsichtig vor ihm ab. Nach

ein paar Durchgängen wurde es ihm aber zu viel und er verzog sich auf eine Truhe im Dachboden, wo er ganz intensiv ein Mauseloch fixierte.
Plötzlich stellte er wieder die Nackenhaare auf und fauchte. Tobias kletterte zum Dachfenster, von dem er einen guten Blick auf den Hof hatte.
Da lief jemand mit einer Taschenlampe draußen rum. Das Licht bewegte sich Richtung Stall.
„Wahrscheinlich schaut Opa nochmal nach den Tieren „, dachte er sich.
„ Es ist nur Opa, du Wachhund”. Liebevoll tätschelte Tobias das Tier. Aber erst nach einigen Minuten hatte sich der Kater wieder beruhigt.

Emely, Leni und Marco waren in der Zwischenzeit schon eingeschlafen. Tobias löschte die letzten Taschenlampen und kletterte auch ins Bett. „Schlaf gut Herr Bruno.”
Der Kater suchte sein Nachtlager im Bett der Mädchen auf, aber eine Stunde später ließ er nochmals ein lautes Fauchen hören. Irgendwer trieb sich im Hof herum, der dort nichts zu tun hatte. Aber so lange er seine Kinder nicht bedrohte, begnügte er sich mit dem Fauchen.

Gegen vier Uhr morgens fing es leicht zu regnen an. Die Kinder hörten nichts.

Auch als sich der leichte Regen innerhalb von einer halben Stunde zu einem gewaltigen Gewitter mit Donner und Blitz steigerte, konnte nichts ihre Nachtruhe stören. Nur der Kater hob einige Male müde den Kopf und lauschte den dicken Tropfen. Bis zum Morgen hatte der Regen nicht nachgelassen und es stand wohl ein Tag, den sie im Haus verbringen mussten, an.
Alle räkelten sich wohlig in ihren Betten. Es gab doch nichts Schöneres, als einfach im Bett bleiben zu können, wenn draußen schlechtes Wetter war.

Erst um zehn Uhr erschienen alle in der Küche. Oma und Anton waren schon fleißig gewesen und hatten alle Hände damit zu tun, alles für ein Buffet, das am Abend ausgeliefert werden musste, vorzubereiten.
Opa hatte schon alles im Stall erledigt und saß nun bei einer zweiten Tasse Kaffee und seiner Zeitung am Tisch. In der Zwischenzeit waren noch einige Hilfen aus dem Dorf eingetroffen und so hatten auch Oma und Anton Zeit für eine Verschnaufpause.

„Opa ist bei den Tieren alles in Ordnung?”, wollte Tobias wissen.
„Ja”, Opa legte die Zeitung zur Seite, „warum fragst du?”
„Ich dachte nur, weil du in der Nacht noch im Stall warst.”
„Ich?”, Opa war erstaunt, „wie kommst du darauf, ich

habe das Haus nach dem Abendessen nicht mehr verlassen."
„Aber ich habe doch jemand mit der Taschenlampe im Hof herumgehen sehen.
Da war es sicher schon halb zwölf."
Oma schüttelte den Kopf: „Vielleicht hat Herr Müller etwas aus seinem Auto geholt, das steht hinten im Hof."
Tobias nickte gedankenverloren: „Das wird sein, deshalb hat sich auch Kater Bruno so komisch verhalten."
„Warum hast du uns nicht geweckt?", wollte Marco wissen.
„Ihr habt schon laut geschnarcht", lachte Tobias und bekam dafür von Leni unter dem Tisch einen Tritt ins Schienbein verpasst.
„Wo habt ihr euren Wachhund eigentlich gelassen?", wollte Anton wissen. Alle sahen sich um. Der Kater war wirklich schon wieder verschwunden. Er hatte sich auf den Weg in den Stall gemacht, um seine neue Freundin das Schaf zu besuchen und Omas Katzen zu bezirzen.

Leni und Marco halfen nach dem Frühstück fleißig in der Küche mit.
Tobias und Emely schleppten mit Opa Getränkenachschub aus dem Keller heran.
„Ich könnte euch am Nachmittag auch gut gebrauchen, weil ich im Baumarkt einige Sachen besorgen muss. Wollt

ihr dann mitkommen?" Tobias und Emely waren begeistert. Sie hatten anhand der Berge Erdäpfel, die sich nun in der Küche auftürmte, schon gefürchtet, zum Schälen eingeteilt zu werden – und das war nicht gerade verlockend. Vor allem Emely drückte sich recht gern vor Küchenarbeiten.
Marco und Leni machte das nichts aus. Sie schälten gerne Erdäpfel, denn die Frau aus dem Dorf, die ihnen dabei half, wusste die gruseligsten Geschichten zu erzählen. So verging die Zeit wie im Fluge und nach einem wie immer köstlichen Mittagessen, machte sie Opa mit Emely und Tobias auf den Weg in die Stadt.

Oma zeigte Marco und Leni, wie man aus den Bergen von Erdäpfeln einen leckeren Salat für das anstehende Buffet vorbereitete. Danach durften sie mit Anton kalte Platten belegen und verzieren.
„Oma, wo sind eigentlich die zwei Gäste, die habe ich heute den ganzen Tag noch nicht gesehen?" wollte Leni wissen.
„Ich habe ehrlich gesagt keine Ahnung. Herr Ortner hat mit seinem Fernglas schon um sechs Uhr bei strömenden Regen das Haus verlassen. Herr Müller ist um dieselbe Zeit mit seinem Auto weggefahren. Sehr gesprächig sind die Herren nicht", runzelte Oma die Stirn.

Sie legte großen Wert auf Gastfreundschaft und es kränkte sie etwas, dass die zwei keinen großen Wert auf Unterhaltung legten. „Die zwei reden auch miteinander kein Wort. Naja, es gibt Schlimmeres."

Marco sah aus dem Küchenfenster. Es regnete noch immer in Strömen und im Hof hatte sich schon ein kleiner See gebildet. Den Enten gefiel es, denn sie paddelten vergnügt in den Pfützen herum. Marco musste lachen als er Kater Bruno aus dem Schafstall lugen sah. „Er besucht sein Lieblingsschaf."
„Ja, und das könnt ihr jetzt auch machen, denn ihr habt uns ganz toll geholfen. Wir sind gleich mit allem fertig und wenn ihr wollt, könnt ihr später mit mir und Anton zu dem Juwelier Wegener fahren und das Buffet aufbauen. Er feiert heute bei sich Zuhause seinen sechzigsten Geburtstag", mit diesen Worten schob Oma die zwei zur Küchentür hinaus und drückte ihnen ein paar Kekse in die Hand.

Marco und Leni nahmen den großen Schirm, der an der Hausmauer lehnte und rannten über den Hof. Gott sei Dank hatten sie ihre Gummistiefel an, denn das Wasser stand wirklich überall.
Im Schafstall angekommen, begaben sie sich auf die Suche nach Kater Bruno. Sie fanden ihn auch bald an das

kleine Schaf Lisa gekuschelt im Heu liegend. Die Schafmutter schleckte schon wieder beide ab. „Ich glaube unser Freund ist wirklich zu faul um sich selbst zu putzen”, lachte Leni.
Die Kinder verbrachten einige Zeit im Stall bei den Tieren.
Eine halbe Stunde später hörten sie Opa zurückkommen und sie halfen beim Entladen des Autos. Sie schleppten alles in die Werkstatt und einiges in den Stall.
Oma rief zu einem frühen Abendessen, denn danach musste das Buffet ausgeliefert werden. Alle bekamen etwas von den vorbereitenden Köstlichkeiten ab, denn Anton hatte auch für sie schöne belegte Platten vorbereitet.

„Los, wir müssen uns beeilen und ihr hüpft vorher noch unter die Dusche, sonst lassen sie uns in das elegante Haus des Juweliers gar nicht rein.”
Marco wollte nun doch lieber bei Opa und Tobias bleiben und Emely freute sich Oma, Anton und Leni begleiten zu dürfen. Sie beeilten sich und saßen bald im Lieferwagen. Opa hatte beim Einladen geholfen und drängte sie bald zu fahren. „Du willst nur mit Tobias und Marco das Fußballspiel im Fernsehen anschauen, deshalb kann dir nichts schnell genug gehen.”

Opa grinste und drückte Oma einen Kuss auf die Stirn. „Wieder mal ertappt, aber ich verspreche, dass wir danach die Küche sauber machen und das Geschirr vom Abendessen auch abwaschen."
Anton startete den Wagen und los ging's.
Die Anfahrt war in einer Viertelstunde geschafft und sie fuhren die lange Einfahrt zu einem riesigen Haus hinauf.
„Huch, das ist ja kein Haus, sondern schon ein kleines Schloss."

Bei dem Anblick verschlug es den Mädchen die Sprache. Anton musste sogar an der Einfahrt in den Garten an einem Wachmann vorbeifahren, der ihn aber freundlich durchwinkte.
Oma erklärte, dass es sich bei dieser Familie um die reichste in der Gegend handelt. Sie betrieben einige Juwelierläden in der Stadt und einen kleinen im benachbarten Dorf. Sie hatten auch ein großes Vermögen geerbt.
„Deshalb bin ich auch total stolz, hier das Buffet auszurichten, denn die könnten sich die besten Köche leisten."
„Du und Anton, ihr seid die besten Köche", riefen Emely und Leni gleichzeitig.
Anton wurde ganz rot und Oma freute sich natürlich auch sehr über das Kompliment.
An der Hintertür des Hauses stoppte Anton den Lieferwagen und alle kletterten hinaus. Mithilfe einiger Haus-

angestellten war in der Halle des Anwesens auf den vorbereiteten Tischen bald ein wunderschönes Buffet aufgebaut. Der Hausherr kam und lobte Oma und Anton. „Genauso habe ich mir das vorgestellt. Meine Frau wird Augen machen”. In diesem Moment kam die Frau des Juweliers über die Treppe nach unten. Sie schlug beim Anblick der Köstlichkeiten die Hände zusammen und war begeistert. „Jetzt trinken wir aber noch einen Schluck Sekt zusammen, dafür muss Zeit sein”, lud sie die fleißigen Helfer ein.

Leni und Emely bekamen einen Vitaminsaft und da das Gespräch der Erwachsenen für sie langweilig war, wollten sie beim Lieferwagen warten.
Draußen vor der Tür hockten sich die zwei Mädchen auf eine Bank neben dem Lieferanteneingang. Der Regen hatte endlich aufgehört und es war schon sehr dunkel. Der riesige Garten wurde von zahlreichen Fackeln, die der Gärtner in der Zwischenzeit entzündet hatte, beleuchtet. Bald würden die ersten Gäste eintreffen. Oma gab noch letzte Anweisungen für das Buffet und dann hockten sie alle wieder im Wagen. Anton fuhr langsam die Einfahrt hinunter.
In der Zwischenzeit kamen schon die ersten Wagen mit den Gästen angefahren. Kurz vor dem Wachmann mussten sie anhalten, um einen Wagen vorbeizulassen.

Leni sah gedankenverloren aus dem Seitenfenster auf den hohen Gitterzaun neben dem Wachhäuschen und schrak zusammen. Da hatte sie doch soeben das Gesicht von Herrn Ortner, dem Vogelkundler, im Scheinwerferlicht aufblitzen sehen. Doch ehe sie einen Ton sagen konnte, fuhr Anton weiter.
„Da war der Ortner am Zaun", zischte sie Emely leise zu.
Emely schüttelte ungläubig den Kopf.
„Ich bin mir ganz sicher, so eine unfreundliche Visage verkennt man nicht", flüsterte Leni jetzt noch aufgeregter. „Was macht der hier?"

Anton und Oma bekamen von dem Gespräch nichts mit, da sie sich gerade angeregt über die Zubereitung einer neuen Grillsauce unterhielten. Nur kurz später fuhren sie an einem am Wegrand geparktem Auto vorbei.
„Das ist doch der BMW von dem Herrn Müller. Was macht denn der hier in der Wildnis?" Anton war erstaunt.
„Ach, das war es sicher nicht, du hast es verwechselt", gab Oma zu bedenken und kehrte wieder zu den Zutaten der Grillsauce zurück.
Die Mädchen sahen sich verdutzt an. Das mussten sie den Daheimgebliebenen unbedingt erzählen. Bald waren sie zu Hause angelangt und liefen gleich in die Küche. „Donnerwetter, hier glänzt es", staunte Oma. Opa und die Jungs hatten Wort gehalten.

Es war auch schon längst Schlafenszeit und Tobias und Marco lagen schon unter ihren Decken. „Wir müssen euch unbedingt was erzählen", Emely war ganz aufgeregt.

Leni schilderte die Geschehnisse und alle hörten aufmerksam zu.
„Was haben die zwei bloß in dieser Gegend zu suchen. Und dazu noch beide, obwohl sie sich gar nicht kennen?"
Die Kinder konnten sich diesen Umstand nicht erklären.
In diesem Moment hörten sie ein Motorengeräusch im Hof. Rasch knipsten sie die Taschenlampen aus und drängten sich ans Dachbodenfenster, das sie geöffnet hatten. Bald sahen sie Herrn Müller aus dem Auto steigen und mit raschen Schritten auf das Haus zugehen.
Kaum das dieser verschwunden war, stieg auch Herr Ortner aus Müllers Auto und eilte aufs Haus zu.
Er stoppte kurz und stieß einen Fluch aus: „Blödes Katzenvieh, jetzt wär ich bald hingefallen". Die Kinder sahen sich verdutzt an.

Ein kratzendes Geräusch ließ sie aufschrecken. Aber zur Luke herein kletterte kein Geringerer als Kater Bruno, der sich schnurrend schon auf der Matratze niederließ. Der Zusammenstoß mit Herrn Ortner hatte ihn anscheinend nicht sonderlich beeindruckt.

„Morgen gehen wir der Sache auf den Grund", beschloss Marco und die anderen pflichteten ihm bei. Irgendetwas stimmte mit den zwei Herren nicht. Wenn sie nur wüssten was!?

Leni schlief in der Nacht schlecht. Immer wurde sie wieder wach und musste an die komische Geschichte denken.
Auch die anderen hatten vor Aufregung nicht so gut wie sonst geschlafen und waren schon sehr früh wach. Oma staunte nicht schlecht als die ganze Schar schon um halb neun Uhr bei ihr in der Küche stand.
„Was ist denn mit euch passiert?" fragte sie.
„Nichts, wir wollen nur heute den Tag genießen, weil doch wieder so schönes Wetter ist. Oder sollen wir am Hof was helfen?", Marco sah Oma fragend an.
„Nein, ihr wart gestern so fleißig und heute ist nichts Besonderes los. „Die Gäste haben schon vor einer halben Stunde gefrühstückt und sind schon wieder weg. Opa ist schon am Feld mit ein paar Bauern aus der Umgebung um die Felder neu zu zäunen."
„Was, die Gäste sind schon aus dem Haus?" Emely staunte nicht schlecht.
„Urlaub nenn ich das auch nicht, aber was soll's", Oma drehte sich zum Herd und briet den Kindern die besten Eier mit Speck, die sie je gegessen hatten.

Die Kinder sahen sich verschwörerisch an. Leni hatte eine geniale Idee.

„Bevor wir zum Teich gehen, könnten wir aber die zwei Gästezimmer noch für dich sauber machen oder? Du hast uns das richtige Bettenmachen schon gezeigt und du kannst nachkontrollieren, ob wir es dann richtig gemacht haben. Tobias ist außerdem ein begnadeter Staubsauger und macht das auch so gern."
Tobias verdrehte die Augen, aber er schenkte Oma sein bezauberndes Lächeln.
„Das stimmt, du kannst Mama fragen".
„Warum nicht", sagte Oma, „die zwei haben sich heute zum Mittagessen eingetragen und ich bin froh, wenn bis dahin alles fertig ist."

Sie gab noch einige kurze Anweisungen und drückte ihnen die zwei Schlüssel in die Hand.
„Los geht's, pack deinen Staubsauger", grinste Marco und kassierte dafür von Tobias einen Faustschlag auf den Oberarm. „Trödelt nicht", zischte Emely und sie machten sich mit den Putzsachen bewaffnet auf den Weg in den oberen Stock.
Zuerst schlossen sie das Zimmer von Herrn Ortner auf. Schnell machten sie sich an die Arbeit. Leni nahm sich das Badezimmer vor und Emely das Bett, während Tobias

und Marco das Abstauben und Saugen übernahmen. Schon nach zwanzig Minuten blitzte das Zimmer wie neu. Nun kam der eigentliche Teil der Arbeit. Vorsichtig sichteten die Kinder die Unterlagen auf dem Schreibtisch ohne irgendetwas zu berühren. Es durfte nicht auffallen, dass sie herumgeschnüffelt hatten. Leni übernahm den Aussichtsposten am Fenster, damit sie sehen konnte falls einer der beiden früher als erwartet wieder zurückkehren sollte.

Emely stand mit dem Staubsauger im Vorraum, um alle zu warnen falls Oma auftauchen sollte.
Die Jungs sahen sich gründlich alle Unterlagen an, aber außer einer Wanderkarte, einem Stadtplan und einigen Rechnungen war nichts Auffälliges zu entdecken.
„Schon komisch", gab Tobias zu bedenken, „es gibt nichts über Vögel, keine Aufzeichnungen, keine Bücher, keine Fotos."
„Ja, du hast Recht, er hat doch Opa letztens erzählt, dass er Unterlagen für ein Vogelbuch sammelt." Marco öffnete noch einige Schubladen, aber es war nichts Auffälliges zu entdecken. Sorgfältig schlossen sie alle Schubladen wieder und kontrollierten, ob alles so wie vorher war.
„Ok, nächstes Zimmer."
Tobias schloss die Tür wieder ab und zwei Zimmer weiter die nächste auf. Auch hier waren sie mit dem Putzen bald

fertig. Herr Müller war zwar sehr unordentlich, aber auch hier gab es auf den ersten Blick nichts Außergewöhnliches zu sehen. Außer einem riesigen Koffer in der Zimmerecke, der allerdings abgeschlossen war. Der Schlüssel war nicht aufzufinden.
„Achtung, Herr Müller kommt zurück, er steigt schon aus", Leni duckte sich am Fenster um nicht gesehen zu werden.
„Schnell raus hier!". Alle verließen fluchtartig das Zimmer. Leni lief allerdings nochmal zurück und riss das erste leere Blatt eines karierten Blockes, der am Schreibtisch lag ab.
„Was willst du denn damit?", wollte Marco wissen. „Sag ich dir später", keuchte Leni. Schnell verräumten sie den Staubsauger und das Putzzeug und liefen in die Küche.

Jetzt sahen sie, dass auch Herr Ortner schon zurückgekehrt war. Beide Herren saßen an getrennten Tischen im Gastraum und würdigten sich keines Blickes. Die Kellnerin nahm die Bestellungen auf und jeder vertiefte sich in eine Zeitung.
„Ich werde aus den beiden nicht schlau, die kennen sich doch", Emely wunderte sich.
„Was ist los?", wollte Oma wissen. „Ach nichts, was gibt es denn heute zu essen?", lenkte sie schnell ab. Oma freute sich über den gesegneten Appetit ihrer Enkelkinder.

Alle vier waren schon wieder hungrig, aber sie mussten sich noch etwas gedulden.
Oma schickte alle noch schnell, die Hühner und Enten zu füttern und kurze Zeit später verzehrten alle eine Gemüsesuppe und danach selbstgemachte Pizza.
Anton packte den noch warmen Apfelstrudel und etwas Obst ein, damit sie alles am Nachmittag zum Teich mitnehmen konnten.
Die Kinder ließen sich nicht zweimal bitten und verschwanden schon bald danach, Kater Bruno im Schlepptau, Richtung Wald.

Der Kater ging heute nur bis zum Bauch ins Wasser und lief dann mit zitternden Schnurrhaaren einem Eichhörnchen nach, das sich jedoch gleich mit einem Sprung auf den nächsten Baum rettete. Kater Bruno bemühte sich nicht den Baum zu erklimmen. Dazu war er zu faul. Er begab sich auf Erkundungstour in den Wald.
Es wurde bald unerträglich heiß und die Kinder verzogen sich in die Höhle.
„Was wolltest du jetzt eigentlich mit dem leeren Zettel, den du aus Herrn Müllers Zimmer mitgenommen hast?", Marco sah Leni fragend an.
„Ich bin einfach zu klug für diese Welt", strahlte Leni und zog stolz den Zettel aus der Badetasche.
„Was seht ihr?"

Alle untersuchten den Zettel, doch keiner konnte etwas Bemerkenswertes finden. Leni holte einen Bleistift aus der Tasche und schmunzelte. Rasch fuhr sie mit dem Stift über das leere Blatt und nun erkannten auch die anderen, weshalb der Zettel doch interessant war. Es hatte sich etwas vom Vorblatt durchgedrückt und mithilfe des Bleistifts machte sie dies nun sichtbar. Alle starrten fasziniert auf die Botschaft, die erschien.
Da stand:
25. Ausstellung
Geschäft – Anlieferung
Villa???

Marco und Tobias sahen sich verständnislos an und auch die Mädchen konnten mit dieser Nachricht nichts anfangen. Enttäuscht streckten sich die Kinder aus und starrten zum Spalt an der Decke der Höhle.
„Also gebracht hat uns das jetzt auch nichts, aber man kann nie wissen", gab Tobias zu bedenken. Eine Weile beratschlagten sie noch. Dann kletterten sie wieder aus ihrem Versteck und verdrückten nun den Apfelstrudel und das Obst.
Kater Bruno war natürlich, wenn es was zu essen gab, auch nicht weit und er ließ sich seinen Anteil schmecken. Es gab wirklich nichts, was er nicht fraß. Er ließ nicht mal die Rosinen aus dem Strudel zurück. Leni knuddelte den

Kater und wollte ihn auf den Schoß nehmen, aber plötzlich benahm er sich wieder äußerst seltsam. Er sprang auf und starrte in den Wald.

Da erschien Herr Ortner auf der Bildfläche. Er war wie immer nicht besonders erfreut die Kinder zu treffen, aber diesmal ließ er es sich nicht anmerken. Er begrüßte sie sogar mit einem freundlichen „Hallo."
„Haben sie schon interessante Vögel für ihr Buch beobachten können?", fragte Tobias ganz unschuldig.
„Oja, ich habe schon sehr viel Material gesammelt. Es gibt in dieser Gegend wirklich sehr viele Vögel, die man anderswo nicht beobachten kann. Ich bin mit meinen Aufzeichnungen für mein Buch schon sehr weit fortgeschritten".
„Oh, sehen sie nur, da oben auf der Tanne sitzt ein Dompfaff. Haben sie den schon gesehen?", Tobias zeigte aufgeregt in die Richtung. Herr Ortner sah hin und bestätigte die Beobachtung von Tobias. „Den hab ich gestern schon fotografiert", Herr Ortner deutete auf die Kamera, die um seinen Hals hing und machte sich wieder auf den Weg.
„Seit wann kennst du einen Dompfaff?", wollte Leni ungläubig wissen.

Tobias grinste verschmitzt: „Ich kenne keinen Dompfaff, aber der Vogel soeben war ganz sicher ein Sperling, den

hat mir Opa letztens am Feld gezeigt, weil ich ihn gefragt habe.”
Die Kinder sahen sich verständnislos an. Dieser Herr Ortner verstand für einen Ornithologen aber sehr wenig von Vögeln. Die Kinder beschlossen, ihm am nächsten Tag bei seiner Waldwanderung zu folgen. Was machte der Mann den ganzen Tag im Wald, wenn er keine Vögel beobachtete? Die Geschichte wurde immer geheimnisvoller.

Als die Kinder in den Gasthof zurückkehrten, saßen Oma und Opa schon im Garten und ließen sich ein Glas Wein schmecken.
„Holt euch in der Küche euer Abendessen. Anton hat schon alles vorbereitet. Ihr seid heute spät dran.”
Anton hatte den Kindern das Essen warmgehalten und wie immer schmeckte es vorzüglich. Danach spielten sie noch im Garten Fußball.
Bevor sie sich müde auf den Dachboden begaben, überzeugten sie sich nochmals ob es Lisa im Schafstall auch gut ging.

„Wir müssen morgen früh raus, nicht dass wir den Ortner versäumen, aber ich werde sicher nicht so früh wach”, gab Emely zu bedenken. Auch Tobias und Leni glaubten nicht daran so früh aufzuwachen.

Marco hatte die Idee mit dem Wecker. Er wollte ihn noch schnell aus dem Wandschrank im ersten Stock holen. Dort bewahrte Oma immer einen auf, falls ein Gast einen braucht. Sicher war sicher. Marco machte sich gleich auf den Weg.
Schnell hatte er einen kleinen Wecker gefunden, aber als er den Wandschrank wieder schloss, hörte er Stimmen aus einem der Zimmer. Es war Herrn Ortners Stimme, die er hörte, allerdings aus dem Zimmer von Herrn Müller. Marco schlich an die Tür und presste sein Ohr dagegen. Sie sprachen aber so leise miteinander, dass Marco nur „Wir müssen noch vorsichtiger sein", hörte.
Dann näherten sich Schritte der Tür und Marco versteckte sich schnell hinter der großen Truhe, die im Gang stand. Hoffentlich wurde er jetzt nicht entdeckt. Er wagte es kaum zu atmen, aber Herr Ortner verschwand schnell in sein Zimmer, ohne sich auch nur einmal umzudrehen. Marco wartete noch eine Minute und rannte dann, so schnell er konnte, zu den anderen. Atemlos erzählte er von seiner Beobachtung und die anderen hörten ihm gebannt zu.
Aufgeregt krochen sie schließlich in ihre Betten und schliefen bald ein. Den Wecker hatten sie auf sieben Uhr gestellt.
Doch am nächsten Morgen fauchte Kater Bruno schon bevor der Wecker schrillte.

Er miaute laut und trampelte am Bett der Jungs herum. Tobias wachte auf und sah auf die Uhr – es war erst halb sieben. Ein Blick auf Kater Bruno und aus dem Dachbodenfenster genügte. Herr Ortner machte sich jetzt schon auf den Weg.
Rasch weckte Tobias die anderen: „Schnell sonst entwischt er uns!", Tobias schlüpfte in seine Jogginghose, T-Shirt und Schuhe und rannte schon auf den Ausgang übers Brett zu.
Marco brauchte keine zwei Minuten und war auch schon fertig.
„Bleibt ihr hier, sonst ist es zu spät und Oma wird sich auch fragen wo wir sind.
Denkt euch was aus!"

Emely und Leni sahen ein, dass dies wirklich das Beste war, obwohl sie gern bei der Verfolgung dabei gewesen wären. So drehten sie sich nochmal um und schliefen noch ein Stündchen.
Kater Bruno hatte mit den Jungs das Nachtquartier verlassen und lief zielstrebig voraus. Leise folgten ihm die beiden, denn Herr Ortner war schon nirgends mehr zu sehen. Sie rannten bis zum Teich und da sahen sie ihn gerade noch um die Biegung in den Wald verschwinden.
„Wir müssen ganz leise sein, hier im Wald hört man jedes Knacken der Äste".

Marco gab Tobias Recht und sie konnten sich jetzt auch etwas Zeit lassen, denn der Kater hatte wie ein Hund die Witterung aufgenommen und lief die Schnauze dicht über den Boden den Waldweg weiter. So folgten sie Herrn Ortner quer durch den Wald, ohne dass er sie bemerkt hätte. Sie waren schon eine halbe Stunde unterwegs.

In der Zwischenzeit hatten sie bemerkt, dass der angebliche Vogelkundler den Weg durch den Wald ins nächste größere Dorf eingeschlagen hatte. Bald wurden die Bäume weniger und der Wald lichtete sich. Die Jungs versteckten sich am Waldrand und warteten bis Herr Ortner beim ersten Haus des Dorfes angelangt war.
Er hatte sich jetzt ein paarmal umgedreht und sie durften nicht riskieren, entdeckt zu werden. Im Dorf würden sie ihn schon wieder finden, denn so viele Möglichkeiten sich dort aufzuhalten gab es nicht. Eine kleine Bäckerei, die Kirche und einige Geschäfte, die allerdings noch alle zu hatten.
Sie warteten einige Minuten und machten sich dann auf den Weg. Kurz vor der Bäckerei hielt Tobias Marco am Ärmel zurück.
„Da vorn sitzt er, direkt beim Eingang der Bäckerei". Sie beobachteten wie er sich einen Kaffee bestellte und dabei in der Zeitung blätterte. Immer wieder hob er seinen Kopf und sah auf die gegenüberliegende Straßenseite.

„Was ist denn da so Interessantes zu beobachten"? Die Jungs konnten sich das nicht erklären. In der Bäckerei herrschte schon reger Betrieb und niemand beachtete den Gast, der ab und zu an seinem Kaffee nippte und interessiert aus dem Fenster starrte.
Nach gut einer Stunde erhob er sich erst wieder. Marco und Tobias versteckten sich im Kellereingang des Hauses als Herr Ortner zielstrebig an ihnen vorbeieilte.
Einige Meter entfernt überholte ihn ein Wagen, der stehenblieb und ihn einsteigen ließ.
„Mensch, das ist das Auto von Müller!", flüsterte Marco und Tobias nickte.

Der Wagen fuhr langsam in eine Parklücke in der Nähe. Die Jungs duckten sich tief im Kellereingang um nicht entdeckt zu werden. Marco hob etwas den Kopf und konnte nur erkennen, dass die beiden heftig diskutierten, dann gab Herr Müller wieder Gas und der BMW verschwand in einer Seitenstraße.
Schnell liefen Tobias und Marco nun zur Bäckerei um sich anzusehen, was es auf der anderen Straßenseite denn so zu sehen gab.
Eine kleine Trafik stand da und daneben glänzte das Schild „Juwelier Wegener" in der Sonne. Im Schaufenster turnte eine Angestellte herum und ordnete Schmuck ein. Verständnislos sahen sich die beiden an.

In der Zwischenzeit waren die Mädchen zum Frühstück aufgetaucht und erzählten Oma, dass die Jungs heute schon sehr früh einen Spaziergang in den Wald gemacht hätten, um Tiere zu beobachten.
Oma schüttelte den Kopf: „Ohne Frühstück, das geht doch nicht."
Opa besänftigte sie: „Die verhungern schon nicht, lass sie nur!"

Emely und Leni verbrachten die nächste Stunde im Hof und im Stall um die Rückkehr ihrer Brüder nicht zu verpassen.
„Hoffentlich ist nichts passiert, jetzt könnten sie bald auftauchen!", Leni machte sich wirklich schon Sorgen.
Aber kurze Zeit später tauchte als Erster Kater Bruno auf. In seinem Maul trug er stolz eine Maus, die er der kreischenden Emely zu Füssen legte. Die Maus nutzte die Gunst der Stunde und verschwand in einem Loch in der Stallmauer, von dem sich Kater Bruno die folgenden Stunden nicht mehr wegbewegte.

Kurz später trafen Marco und Tobias ein. Die beiden keuchten als ob sie einen Marathon hinter sich hätten. Rasch erzählten sie die Geschehnisse, und beeilten sich dann um noch etwas vom Frühstück abzubekommen. Oma schimpfte ein bisschen, aber sie konnte nicht lange

böse sein und briet ihnen schnell noch ein paar Eier in der Pfanne.
Der Himmel begann sich etwas zu verdunkeln und der Donner grollte schon in der Ferne. Die Kinder beschlossen den Tag zu Hause zu verbringen. Es sah nicht nach Badewetter aus.
Gerne halfen sie Oma und Opa bei einigen anstehenden Arbeiten und dann tobten sie bis zum Mittagessen im Garten, um nicht die Ankunft von Herrn Ortner und Herrn Müller zu versäumen. Aber die beiden erschienen auch zum Mittagessen nicht.

Am Nachmittag fing es zu regnen an und alle lungerten am Dachboden herum.
Kater Bruno saß noch immer vor dem Mauseloch und starrte gebannt auf die Öffnung. Als der Regen noch stärker wurde, gab er es jedoch auf. Er holte sich bei Oma in der Küche eine Extraportion Fleisch und tauchte kurz später im Dachboden auf.
Die Kinder hatten abwechselnd den Wachposten am Fenster übernommen, doch weit und breit war niemand zu sehen. Sie vertrieben sich die Zeit mit Lesen und einigen Spielen. Es war schon fast fünf Uhr, als sie das Auto von Herrn Müller auf den Hof kommen hörten. Gespannt beobachteten sie das Auto. Es stieg nur Herr Müller aus. Er eilte schnell auf das Haus zu.

Keine zehn Minuten später bog Herr Ortner um die Ecke.
„Seht ihn euch genau an. Er ist obwohl es so regnet und er keinen Schirm hat fast gar nicht nass", bemerkte Emely.
„Du hast Recht, die sind sicher wieder zusammen gekommen. Ich versteh das einfach nicht", Tobias runzelte die Stirn.
„Kommt wir laufen in die Küche, vielleicht gibt es was Neues zu hören?", schlug Leni vor und alle beeilten sich.
Die zwei Herren saßen wie gewöhnlich an zwei getrennten Tischen und bestellten gerade ihr Abendessen.
„Mein Magen knurrt auch schon wieder. Vielleicht gibt es für uns auch schon etwas zu essen? Lasst uns Oma fragen."
Typisch für Marco, er dachte immer nur ans Essen, aber auch die anderen bekamen durch die köstlichen Gerüche, die aus der Küche strömten, Hunger.

Anton werkte nur allein, Oma war nirgends zu sehen.
„Sie musste noch zwei bestellte Torten ausliefern, aber ihr könnt gerne, was ihr wollt, bei mir bestellen, ich hab gerade Zeit. Es ist heute wegen dem Regen eh nicht viel los."
Da mussten die Kinder nicht lange überlegen. Anton machte den besten Kaiserschmarren weit und breit. Bald stellte er ihnen eine riesige Pfanne auf den Tisch. Marco holte Teller und Gabeln und Tobias teilte Pflaumenkom-

pott aus. Anton freute sich, dass es ihnen so gut schmeckte.
Als Opa die Küche betrat, war nicht mehr viel übrig.
„Jetzt haben wir fast alles aufgegessen. Möchtest du etwas, Opa – ein paar Bissen sind noch übrig?", Marco machte ein zerknirschtes Gesicht. Opa lachte und versicherte, dass er lieber was Anständiges wolle. Kaiserschmarren war für ihn nur eine Nachspeise. Lieber holte er sich ein Stück Speck, Brot und etwas Käse aus der Speisekammer und setzte sich mit an den Tisch.

Als die Kinder Anton beim Aufräumen der Küche halfen, kam auch Oma wieder und freute sich, dass alle so fleißig waren.
„Morgen ist Ruhetag und dann machen wir einen Ausflug in den Tierpark – Habt ihr Lust?" Und ob sie die hatten. Sie freuten sich so auf den nächsten Tag, dass sie nicht mal an die zwei seltsamen Gäste dachten. In dieser Nacht hörte auch niemand Kater Bruno fauchen.

„Was war da draußen wohl los?" Kater Bruno legte den Kopf schief und lauschte.
Nach einigen Minuten legte er sich wieder beruhigt hin. Es war wieder ganz ruhig – vielleicht war nur die verschwundene Maus wieder aus dem Loch aufgetaucht.

Der Kater war zu müde, um der Sache auf den Grund zu gehen. Zufrieden kuschelte er sich an Leni und schloss seine Augen.
Am nächsten Tag ging es gleich nach dem Frühstück los. Sogar Opa hatte sich den Tag freihalten können. Alle liefen fröhlich zum Auto und konnten die Abfahrt schon gar nicht mehr erwarten.

Der Hof war leer. Das Auto von Herrn Müller war schon wieder weg.
„Der Mann muss immer Geschäftstermine haben, so viel wie der immer unterwegs ist", Oma schüttelte den Kopf. „Heutzutage kann niemand mehr richtig abschalten, furchtbar!".
Opa lachte: „ Hauptsache du kannst heute abschalten und musst nicht immer an den morgigen Tag denken."
„Was ist denn Morgen", Leni beugte sich neugierig zu Oma vor. Oma erzählte stolz, dass sie schon wieder einen Auftrag von dem Juwelier Herrn Wegener bekommen hatte.
Tobias spitzte die Ohren und er stieß Marco in die Rippen. Dieser nickte entgeistert. War es nicht ein Zufall, dass dieser Juwelier genau so hieß, wie das Geschäft, das Herr Müller anscheinend beobachtet hatte.
„Hat der ein Geschäft im Dorf gegenüber der Bäckerei?", Tobias fragte ganz unschuldig.

Oma nickte und erklärte, dass dies nur einer von vier Läden, die Herr Wegener besaß, war. Morgen feierten sie zwanzigjähriges Firmenjubiläum und daher fand in der Villa eine riesige Juwelenausstellung statt. Es sollten ganz seltene Diamanten zu bewundern sein und es wurden nur geladene Gäste empfangen.
Alles war streng bewacht und die ganze Villa unter Polizeischutz gestellt.
In der Zwischenzeit waren sie beim Tierpark angelangt. Tobias und Marco konnten keine klaren Gedanken fassen. Erst als sie ein Stück von den Großeltern entfernt bei den Lamas standen, sahen sie die Mädchen herausfordernd an. „Und der wievielte ist morgen", Tobias flüsterte heiser.
„Na der 25. Wieso?", wollte Leni wissen.
„Denk dran, was am Zettel, den wir aus dem Zimmer mitgenommen haben, stand", Marco wurde ungeduldig, weil ihn die Mädchen verstört anstarrten.

Emely riss die Augen auf: „Da stand 25. Ausstellung, Anlieferung Geschäft – Villa! Du glaubst jetzt aber nicht, dass das etwas mit der Schmuckausstellung zu tun hat?"
Die Kinder sahen sich verblüfft an. Es konnte gar nichts anderes bedeuten. Das seltsame Benehmen von Ortner und Müller hatte etwas mit dieser Ausstellung morgen zu tun. Aber was?

„Wollt ihr euch von den Lamas anspucken lassen, oder warum starrt ihr alle so fasziniert auf die Tiere?", Opa drückte die Mädchen lachend an sich. Schnell bemühten sich alle wieder sich auf den Ausflug zu konzentrieren, damit Opa und Oma nicht misstrauisch wurden. Sie konnten ihnen nicht von ihren Gedanken erzählen, dazu war alles zu verwirrend. So gaben sich alle betont interessiert und beobachteten die verschiedenen Tiere, obwohl ihnen ganz andere Sachen durch den Kopf schwirrten.

Mittags gab es im Tierpark für alle Pommes und Grillwürste und auch der Nachmittag verging im Flug. Sie machten noch einen Abstecher ins nahegelegene Einkaufszentrum. Bepackt mit unzähligen Tüten machten sie sich schließlich auf den Heimweg. Oma und Opa hatten es sich nicht nehmen lassen, allen etwas zu kaufen.
Die Mädchen freuten sich über neue Bikinis und Tobias und Marco über neue Badehosen. Als Abschluss durfte natürlich ein Besuch bei Mac Donalds nicht fehlen. Oma konnte den Burgern nichts abgewinnen, aber sie ließ sich dazu überreden, einen Salat zu essen.
Fix und fertig landete die ganze Gesellschaft erst gegen acht Uhr abends zu Hause.

Kater Bruno lief ihnen erfreut entgegen und schnurrte unaufhörlich.

„Geht heute bald ins Bett, denn Morgen werde ich eure Hilfe brauchen. Anton kommt schon um sechs Uhr und auch eine Frau aus dem Dorf, damit wir bis abends fertig werden”, Oma scheuchte die Kinder die Treppe hinauf. Alle wünschten noch eine gute Nacht und verschwanden im Dachboden.

Jetzt waren sie endlich alleine und konnten nochmal die Ereignisse des Tages besprechen und beratschlagen, was zu tun sein.
„Morgen könnt ihr vergessen, da sind wir sicher den ganzen Tag eingespannt und können keinen von den zweien beobachten”, Marco ließ sich mit einem Seufzer aufs Bett fallen. Die anderen stimmten ihm zu.
„Aber was soll schon sein. Ich glaub wir steigern uns da in etwas hinein. Die werden doch nicht den Juwelier ausrauben wollen!” Emely lachte laut.
Aber keiner fand das besonders witzig. Und wenn doch etwas passieren sollte.
Niemand wusste darauf eine Antwort. Jeder grübelte noch eine Weile vor sich hin, aber es dauerte nicht lange und man hörte nur mehr die gleichmäßigen Atemzüge der vier. Nur Kater Bruno konnte keine rechte Ruhe finden. Leni wälzte sich im Traum hin und her und war nun schon zweimal fast auf ihn gerollt. Beleidigt zog der Kater ab und beschloss seine Nacht heute im Stall zu verbringen.

Stunden später schreckte Marco aus dem Schlaf. Es war ihm als ob er den Motor eines Autos gehört hätte. Müde drehte er sich zur Seite. Er hatte sicher schlecht geträumt, denn wenn wirklich ein Auto den Hof verlassen hätte, würde Kater Bruno sicher Theater machen.
Der steckte auch seinen Kopf zur Stalltür raus. Er war der Einzige, der gesehen hatte, dass Müller und Ortner still und heimlich das Haus verlassen hatten. Die Turmuhr des Dorfes stand auf drei Uhr morgens.

Um fünf Uhr wurde Marco wieder wach. Diesmal hatte er sich nicht verhört, er eilte zum Fenster, aber er konnte nichts Ungewöhnliches entdecken. Nur im unteren Stock hörte er das Schließen der Zimmertüren.
Kater Bruno ist heute auch nicht besonders aufmerksam dachte Marco und rief ihn leise. Zu seiner Überraschung kam er jedoch nicht vom Bett der Mädchen sondern durch die Dachluke hereinspaziert.
„Mensch, du warst gar nicht hier, dann habe ich vielleicht doch früher auch schon ein Auto gehört."

Marco zog sich schnell was über und kletterte über das Brett hinaus und rannte auf den Hof. Schnell berührte er die Motorhaube des Autos von Herrn Müller und tatsächlich, sie war warm.

Wo waren die Männer in der Nacht bloß gewesen. Marco schaute vorsichtig in den Wagen. Am Rücksitz lag ein ausgebeulter Sack aus wasserdichter Folie.
Marco versuchte vorsichtig die Autotür zu öffnen, aber es war natürlich abgeschlossen. Schnell zog er sich wieder auf den Dachboden zurück und weckte die anderen. Atemlos erzählte er was passiert war. Alle hörten erstaunt zu.
In der Zwischenzeit hörten sie wie Oma und Opa aufgestanden waren. Auch Anton war schon am Hof angekommen. Bis die Kinder in die Küche kamen war es dann fast schon sieben Uhr. Anton und die Frau aus dem Dorf waren schon fleißig beim Vorbereiten des kalten Buffets und Oma grübelte über ein paar Rezepten, die sie unbedingt heute ausprobieren wollte. Sie freute sich, dass sich die Kinder nach dem Frühstück gleich zum Helfen anboten.
Opa ging mit Tobias und Emely in den Stall um schnell die Arbeiten dort zu erledigen. Marco und Leni durften anfangen, verschiedene Saucen nach Rezepten von Oma zu mixen.

Die Hilfe aus dem Dorf bereitete verschiedene Salate zu. Anton hatte sich an die Vorbereitung der verschiedenen Fischsorten gemacht und Oma beschäftigte sich mit dem Roastbeef. Es gab heute wirklich nur das Feinste vom Feinen. Muscheln, Fische, Krabben, Kaviar, gefüllte Eier mit Trüffel,

Parmaschinken mit Melone und viele andere gute Sachen.
Nachdem Opa, Tobias und Emely wieder aus dem Stall zurückgekehrt waren, wurden auch sie eingeteilt.
Auch für die verschiedenen Desserts gab es noch viel zu tun. Exotische Früchte mussten geschält werden, Kuchenteige wurden gerührt. Bald zog sich der Kuchenduft durchs ganze Haus.
Oma bereitete zwischenzeitlich auch das Frühstück für die Gäste zu. Beide Herren waren heute außerordentlich gut gelaunt und lobten Omas Koch- und Backkünste.
Die Mädchen machten schnell die Zimmer, aber es blieb keine Zeit zum Schnüffeln, denn Herr Müller zog sich nach dem Frühstück gleich wieder in sein Zimmer zurück, da er angab einige Berichte schreiben zu müssen.
Auch Herr Ortner verschwand bald wieder in seinem Zimmer.

Kurze Zeit später beobachtete Leni ihn jedoch, wie er den Hof überquerte und sich dabei immer wieder aufmerksam umsah. Leni, die gerade den Müll hinausgebracht hatte, duckte sich hinter der Mülltonne. Sie konnte sehen wie Herr Ortner schnell das Auto von Müller aufschloss, den Sack vom Rücksitz holte und damit Richtung Wald verschwand.

Aufgeregt stürzte Leni wieder in die Küche.
Es musste doch jemand hinter dem Mann her, um zu sehen was er machte, aber das war leider nicht möglich. Oma war in der Zwischenzeit so nervös, dass sich keiner getraute die Küche zu verlassen, auch als Leni ihnen flüsternd mitgeteilt hatte was los war, wagte es keiner die Verfolgung aufzunehmen.

Kurze Zeit später sahen sie Herrn Ortner auch schon wieder zurückkehren.
Fröhlich pfeifend hörten sie ihn durchs Stiegenhaus in sein Zimmer gehen.
„Aus dem wird auch keiner schlau. Zuerst immer so griesgrämig und jetzt bester Laune", Opa schüttelte den Kopf.
Die Arbeit ging gut voran und trotz des heftigen Mittagsgeschäftes, alle Tische waren wieder belegt, war das Buffet bereits um fünf Uhr zum Ausliefern bereit.
Oma überließ Opa und Anton das Verstauen der Sachen im Lieferwagen und eilte schnell in ihr Zimmer um sich umzuziehen. Bald erschien sie wieder in der Küche und kontrollierte alles nochmal.
„Ihr schafft das Abendgeschäft heute doch ohne mich, oder?" sie sah gehetzt zu Anton und der Hilfe aus dem Dorf, die sich angeboten hatte noch länger da zu bleiben.
„Mach dir keine Sorgen, wir schaffen das", Anton schob Oma mit sanfter Gewalt aus der Küche.

Opa erschien auch noch einmal kurz in der Eingangstür und beruhigte sie. „Es wird alles hervorragend laufen. In der Küche sowieso und ich helfe auch wo ich kann. Schau du nur, dass du mit deinem Buffet rechtzeitig zu Wegeners kommst.
Du hast vier ausgezeichnete Hilfskräfte an Bord."
Oma musste lachen, denn die Kinder saßen schon aufgeregt im Lieferwagen, jeder mit einer Torte oder Schüssel auf dem Schoß, damit auch bei einer Vollbremsung nichts passieren konnte. Alle übrigen Sachen waren hinten im Lieferwagen verstaut. Opa winkte allen noch zu und verzog sich dann wieder in die Küche.

„Los geht's!", Oma drehte den Zündschlüssel und startete. Sie bemühte sich über die holprigen Wege ganz vorsichtig zu fahren. Nicht auszudenken, wenn etwas mit der Ladung passiert wäre. Aber es lief alles bestens und bald schon bogen sie in die Zufahrt der Villa ein.
An der Pforte diskutierte der Wachmann gerade aufgeregt mit zwei Polizisten.
Oma hielt den Wagen an und kurbelte die Scheibe hinunter. Einer der Polizisten trat heran und musterte sie streng. „Sie können hier nicht reinfahren, sind sie Familienangehörige?"
Der Wachmann trat heran und klopfte dem Polizisten auf die Schulter.

„Das ist nur Frau Kogler mit dem Catering. Ob wir das heute überhaupt brauchen?"
Oma schaute erschreckt auf die beiden und fragte: „Was soll denn das bedeuten?"
Doch sie bekam keine Antwort. Der Wachposten hatte in der Zwischenzeit mit Herrn Wegener telefoniert und winkte Oma zu.
„Fahren sie nur zum Hintereingang, Herr Wegener hat gebeten, dass sie kommen!"
Die Kinder sahen sich verwundert an. Oma steuerte den Wagen die Straße hinauf auf die Villa zu. Sie schüttelte ungläubig den Kopf.

„Was ist hier bloß los, seht euch nur dieses Polizeiaufgebot an." Vor dem Hintereingang stoppte sie und sprang aus dem Auto. „Wartet mal hier, ich muss das abklären." Es dauerte fast eine halbe Stunde bis sie wieder erschien. Sie war ziemlich blass und sehr aufgeregt.
„Was ist denn, ist was passiert!", Tobias beugte sich aus dem Fenster.

Oma erzählte atemlos, dass anscheinend in der letzten Nacht das Juweliergeschäft im Dorf ausgeraubt worden war. Die Alarmanlage war ausgeschaltet und der Tresor aufgebrochen worden. Zahlreiche wertvolle Juwelen, Geld und andere Kostbarkeiten aus dem Verkaufsraum

waren verschwunden. Herr Wegener war ganz aus dem Häuschen.
Es hatte den ganzen Tag in Anspruch genommen, eine Liste der gestohlenen Stücke zu erstellen. Die Spurensicherung stellte alles auf den Kopf und in all der Aufregung hatte die Familie natürlich vergessen, die Schmuck- und Juwelenaustellung abzusagen.

In zwei Stunden sollten schon die ersten Gäste eintreffen. Einige kostbare Juwelen waren direkt mit einer Sicherheitsfirma aus Antwerpen in die Villa gebracht worden, wo sie nun in extra dafür angefertigten einbruchsicheren Glaskästen auf die Ausstellung warteten.
Deshalb waren auch noch mehr Polizisten vor Ort wie ursprünglich geplant. Man hatte Angst, dass die Diebe auch hiervon Kenntnis hatten und vielleicht nochmal zuschlagen könnten.
„Wir sollen jetzt trotzdem alles vorbereiten", sagte Oma, „denn Essen müssen die Gäste sowieso. Auch wenn es nur einige Juwelen zu bestaunen gibt."

Die Kinder waren froh endlich aus dem Auto klettern zu können. Emely waren schon die Beine wegen der riesigen Torte auf ihrem Schoß eingeschlafen.
Ächzend stiegen alle aus, ängstlich darauf bedacht, alles unbeschadet auf den dafür vorgesehenen Platz ins Haus

zu bringen. Auch im Haus herrschte große Aufregung. Wachpersonal und Angestellte liefen wie aufgescheuchte Hühner hin und her.
Keiner wusste so recht, was er tun sollte. Aber da hatten sie die Rechnung ohne Oma gemacht. Sie scheuchte das Wachpersonal und auch einige Polizisten aus dem für das Buffet vorgesehenen Raum und teilte die Angestellten ein, Sachen aus dem Lieferwagen zu holen und alles vorzubereiten.

Tobias und Marco halfen beim Tragen und Emely und Leni wurden zum Gläser und Besteckpolieren eingeteilt, während Oma mit ein paar Männern die Tische aufstellte und mit weißen Tischdecken versah.
„Hier ist überhaupt noch nichts vorbereitet. Jetzt aber rasch!"
Als Herr Wegener später im Raum erschien, lobte er Oma in den höchsten Tönen: „Ich bin so froh, dass sie die Sache in die Hand genommen haben, meine Frau ist heute so aufgeregt. Sie hat heute Morgen einen Schock bekommen. Sie war die Erste, die den Einbruch entdeckte. Hoffentlich schafft sie es die Gäste zu begrüßen."
„Machen sie sich keine Sorgen, das wird schon", beruhigte ihn Oma. „Wir haben noch eine knappe Stunde Zeit".

Bald sah alles bestens aus. Die Platten waren schön angeordnet, Geschirr, Gläser und Besteck standen bereit und alle Tische waren eingedeckt.
Tobias und Leni kümmerten sich noch um den Blumenschmuck, denn auch daran hatte niemand gedacht. Sie pflückten mit Hilfe des Gärtners was der Garten an Blumen hergab und banden schöne Sträuße.
Emely und Marco verteilten diese auf die Tische und halfen den Angestellten noch die Getränke aus dem Keller nach oben zu schleppen.

Oma sah sich zufrieden um klatschte in die Hände. „Wunderbar wir haben alles geschafft. Ich danke euch allen."
In diesem Moment gab es aus dem Keller ein krachendes Geräusch und dann absolute Stille.
Emely stürmte aufgeregt herein: „Schnell ruft einen Krankenwagen. Auf der Kellerstiege ist jemand ausgerutscht und mit der Kiste Wein hinuntergefallen und hat noch zwei andere hinter ihm mitgerissen."
Frau Wegener, die gerade hereinkam stieß einen Schrei aus: „Nicht das auch noch!" Sie rief nach ihrem Mann. Der war aber schon zu den Verletzten geeilt.
Ein Mann vom Wachpersonal verständigte den Arzt und die Rettung.
Oma eilte hinter Emely her.

Am Fuße der Kellerstiege lagen zwischen Scherben und Rotwein drei Personen.
Einer von den dreien konnte mit Marcos Hilfe schon wieder aufstehen. Ihm war nichts passiert. Die anderen zwei klagten über Schmerzen an Händen und Beinen. Oma schickte Marco nach Besen und Schaufel um die Scherben zu beseitigen, damit sich nicht noch jemand verletzte. Herr Wegener und Oma redeten beruhigend auf die Verletzten ein. Als die Rettungskräfte eintrafen, hatte sich auch der zweite Verletzte wieder aufgerappelt. Der Arzt stellte eine leichte Gehirnerschütterung fest und befahl ihm sich hinzulegen.

Der andere hatte leider kein so großes Glück gehabt. „Glatter Bruch, sie müssen direkt ins Krankenhaus", der Arzt winkten den zwei Sanitätern mit der Trage. Der Beinbruch wurde gleich mit der Rettung ins nächste Krankenhaus geliefert und der andere Angestellte wurde von Frau Wegener, die sich in der Zwischenzeit von ihrem Schock erholt hatte auf sein Zimmer, das im hinteren Teil des Hauses lag, gebracht.

Als der Krankenwagen das Gelände verließ, trafen die ersten Gäste ein.
Oma drückte Frau Wegener die Hand und flüsterte ihr beruhigend zu.

„Machen sie sich keine Sorgen. Ich bleibe mit meinen Enkeln so lange da, bis alle Gäste wieder heimfahren und wir schaffen das mit dem Buffet und mit der Getränkeausgabe auch wenn zwei ausfallen."
Frau Wegener nickte dankbar und begab sich in die Halle um die Gäste zu begrüßen. Sie war nun wieder gefasst, denn Oma verbreitete so eine Ruhe, dass sich die ganze Aufregung langsam legte. Oma telefoniert schnell mit Opa um ihm alles zu schildern.

Die nächsten Stunden vergingen wie im Fluge. Es klappte alles hervorragend.
Herr Wegener hatte in einer kleinen Ansprache allen Gästen von den Vorkommnissen berichtet und sie gebeten sich trotzdem in Ruhe die Juwelen anzuschauen.
Das Buffet war ein voller Erfolg und Leni, Emely, Tobias und Marco waren eine große Hilfe für Oma und die verbliebenen Kellner.
Die Gäste wunderten sich zwar über die jungen Hilfen, aber sie sparten nicht mit Lob und so mancher ließ es sich nicht nehmen, den Kindern ein paar Euros zuzustecken.
Als endlich um ein Uhr der letzte Gast das Gelände verlassen hatte, sank Herr Wegener erledigt in einen Sessel.
„Frau Kogler, sie waren heute unsere Rettung. Ich weiß nicht wie wir das alles ohne sie geschafft hätten."
Seine Frau trat heran und bekräftigte ihn:" Wir sind ihnen und natürlich ihren fleißigen Helferlein zu großem Dank

verpflichtet. Bitte machen sie uns die Freude und übernachten sie heute in unseren Gästezimmern. Es ist schon so spät und ich hätte ein schlechtes Gewissen, wenn sie noch nach Hause fahren müssen."

Oma war gerührt und nach einigem Zögern und einem Telefonat mit Opa entschlossen sie sich das Angebot anzunehmen.
Die Kinder waren schon sehr müde, aber begeistert davon in so einem tollen Haus übernachten zu dürfen. Schnell beeilten sie sich gemeinsam mit den anderen noch alles aufzuräumen.
Leni brachte eine Schachtel zum Lieferwagen und kehrte mit einem nicht zu deutenden Blick zurück. Emily wollte wissen was los ist, aber Leni deutete den Kindern nur, ihr zu folgen.

Als die vier am Lieferwagen angekommen waren, öffnete Leni die hintere Tür zum Laderaum und alle erstarrten. Seelenruhig, sein Fell putzend, saß Kater Bruno auf einer leeren Kiste.
„Kater Bruno, sag bloß du hast schon wieder blinder Passagier gespielt. Wie bist du da nur reingekommen?", fragte Marco. „Er muss in die Kiste mit der Tischwäsche geschlüpft sein, denn die haben wir nicht gebraucht, weil alles schon da war.", glaubte Marco zu wissen.

„Wir schaffen ihn auf unser Zimmer, das muss niemand wissen, sonst gibt es nur Ärger.“
„Du hast Recht, Leni“, Marco nahm Kater Bruno vorsichtig in den Arm und bat die anderen nachzusehen ob die Luft rein ist.

Die Angestellten waren in der Zwischenzeit alle verschwunden. Das Wachpersonal war auch abgezogen. Nur vier Polizisten und der Wachmann vom Tor waren noch vor Ort. Sie zogen sich jedoch auf ihre Beobachtungsposten entlang des hohen Zaunes, der sich um das Grundstück zog zurück.
Oma saß mit Herrn und Frau Wegener noch im Wohnzimmer und trank ein Gläschen Wein.
Die Kinder wünschten allen eine Gute Nacht und verschwanden im ersten Stock in das für sie vorgesehene Gästezimmer. Es war riesig und bot genügend Platz für die vier. Es gab ein großes Doppelbett und eine riesige ausziehbare Couch.

Im angrenzenden Bad lagen flauschige Badetücher, Zahnbürsten und Bademäntel. Auf dem kleinen Tisch stand eine riesige Platte mit Köstlichkeiten vom Buffet und einige Flaschen mit Fruchtsaft. Jetzt merkten alle erst, dass sie noch Hunger hatten und machten sich über die Mahlzeit her. Kater Bruno kam dabei auch nicht zu kurz.

Dann verschwand er im Bad und kurz drauf hörten sie schlappernde Geräusche.
„Mensch, pfui !"schrie Leni, „er trinkt Wasser aus dem Klo." Die Kinder mussten so lachen, dass sie sich nicht mehr beruhigen konnten.
Kater Bruno war sich keiner Schuld bewusst und rollte sich mitten im Doppelbett zusammen. Die Kinder hüpften schnell noch unter die Dusche und dann waren sie endlich fertig, um ins Bett zu gehen.

In diesem Moment hörten sie jemanden auf ihr Zimmer zukommen. Schnell deckte Emely Herrn Bruno zu und hoffte, dass er sich ruhig verhalten würde. Oma steckte den Kopf zur Tür rein.
„Bei euch geht es für diese Zeit sehr lustig zu. Seid ihr nicht müde von all dieser Aufregung?"
„Doch wir wollten uns gerade hinlegen", Tobias gähnte laut. Oma verabschiedete sich und ging in das angrenzende Zimmer. Die Kinder wurden immer müder und schließlich konnten sie die Augen nicht mehr offen halten.
„Was wenn wirklich Müller und Ortner den Juwelier ausgeraubt haben. Glaubt ihr wir sollen der Polizei erzählen was wir wissen?", Leni sah fragend in die Runde.
„Wie willst du denen was beweisen, der ominöse Sack vom Auto ist auch verschwunden. Die lachen uns sicher nur aus", gab Tobias zurück.

Alle wussten, dass ihnen keiner glauben würde. Sie mussten nach Beweisen suchen. Am besten gleich morgen.
„Wenn wir zu Hause sind, verziehen wir uns gleich in den Wald und unsere Spürnase nehmen wir mit", liebevoll drückte Leni den Kater an sich.

Um fünf Uhr morgens schraken die Kinder verstört hoch. Von draußen waren laute Schreie zu hören, dazwischen bellte ein Hund.
Tobias war als Erster am Fenster und versuchte, in der Dunkelheit etwas zu erspähen. Neugierig drängten sich alle ans Fenster. Am äußeren Zaun sahen sie die Lichtkegel von Taschenlampen.
Keine Sekunde später flammte überall im Park die Beleuchtung auf. Die Kinder sahen nun die Polizisten, die als Wache zurückgeblieben war mit ihren Taschenlampen den Zaun entlang den Park durchsuchen.
Einer der Polizisten führte einen Schäferhund an der Leine. Dieser zerrte den Beamten zu einer Stelle am Zaun im hinteren Teil des Gartens. Er schien eine Spur zu verfolgen.
In der Zwischenzeit war Oma ins Zimmer gekommen. Auch sie verfolgte das Geschehen im Park aufmerksam.
„Das glaubt uns kein Mensch", flüsterte Marco. „Eine Verfolgungsjagd im Park!"
Doch an der großen Hecke im Park stoppte der Hund nun und bellte nur mehr. Er hatte die Spur verloren.

Herr Wegener stand im Morgenmantel am Hintereingang. Er fuchtelte nervös mit seinen Armen herum und ein Polizist kam zu ihm gerannt. Oma hatte das Fenster nun ein wenig geöffnet um zu hören, was da unten vor sich ging. „Herr Wegener, wir haben alles unter Kontrolle, gehen sie wieder ins Haus zurück. Anscheinend wollte jemand über den Zaun in den Park einsteigen, aber der Hund hat sofort angeschlagen. Wir haben nur mehr ein Auto drüben auf der anderen Seite des Parks wegfahren sehen. Wir haben Verstärkung angefordert, damit wir auch den hinteren Teil abdecken können. Aber heute wird sich sicher niemand mehr blicken lassen."

Herr Wegener atmete hörbar auf. „Morgen werden die Juwelen um zehn Uhr wieder mit dem Sicherheitstransporter abgeholt, dann fühl ich mich erst wieder sicher!"
Oma schloss leise das Fenster und schickte die Kinder wieder ins Bett.
„Schlaft noch ein bisschen, ich weck euch dann, damit wir wieder schnell nach Hause kommen. Hier ist es mir doch etwas zu aufregend. Und vergesst euren Kater morgen nicht hier", zwinkerte Oma und verschwand.
Die Kinder hatten jetzt erst entdeckt, dass der neugierige Kater auf der Fensterbank saß und auch mit Interesse alles verfolgt hatte. Jetzt rollte er sich zusammen und schlief als erster wieder ein.

Am nächsten Morgen saßen alle schon um acht Uhr im Lieferwagen von Oma und traten die Heimreise an. Sie hatten gemeinsam mit Familie Wegener noch gefrühstückt und über die nächtlichen Ereignisse diskutiert.
Am Hof wurden sie von allen ganz aufgeregt empfangen. Opa war froh alle wieder in die Arme schließen zu können und sie mussten die Geschehnisse der Nacht bis ins Detail erzählen.

Oma hantierte schon wieder in der Küche herum. Sie konnte einfach nicht ruhig sitzen. Anton hatte schon Frühstück für die Gäste vorbereitet, aber anscheinend schliefen sie heute länger.
Erst gegen zehn Uhr tauchte Herr Ortner auf und verzehrte mit Appetit seine Eier mit Speck, dann vertiefte er sich in eine Tageszeitung.
Herr Müller erschien eine halbe Stunde später. Er schien etwas zu humpeln und Oma erkundigte sich natürlich sofort, was passiert war.
„Nichts Schlimmes. Ich habe mir nur gestern am Abend beim Joggen den Knöchel etwas verstaucht." Opa bot an ihn zum Arzt zu bringen, aber er lehnte ab.
„Ich werde mich nach dem Frühstück wieder hinlegen. Vielleicht haben sie etwas Eis für mich, damit ich den Fuß kühlen kann", bat Herr Müller.

Oma besorgte Eis und eine Schmerztablette und ließ es sich nicht nehmen, Herrn Müller wieder in sein Zimmer zu begleiten. Sie schüttelte seinen Polster auf und legte einen zweiten vorsorglich unter den geschwollenen Fuß, der hochgelagert werden sollten. Da kannte Oma sich aus. Herr Ortner zog sich nach einiger Zeit auch wieder auf sein Zimmer zurück.
„Ich werde heute Mittag hier sein, da ich wieder einiges aufzuarbeiten habe, damit ich mit meinen Aufzeichnungen mal weiterkomme."
Kaum hatte er den Speiseraum verlassen, nickte Marco den anderen zu.

„Wir dürfen doch heute wieder zum Teich?"
Oma nickte: „Natürlich lauft nur, nach der Aufregung gestern und der vielen Arbeit habt ihr euch das wirklich verdient. Anton wird euch etwas zum Essen mitgeben. Holt nur eure Sachen vom Dachboden, in der Zwischenzeit ist alles fertig."
Alle liefen schnell nach oben, nur Emely bog im ersten Stock ab und deutete den anderen, dass sie nur schnell mal an den Zimmertüren horchen wollte.
Sie schlich auf leisen Sohlen zum Zimmer von Herrn Ortner. Da hörte sie, dass Herr Ortner im Begriff war sein Zimmer zu verlassen.

Rasch versteckte sie sich hinter der Truhe im Vorraum, und wagte kaum zu atmen. Leise bewegte sich Herr Ortner auf Müllers Zimmer zu und trat ohne anzuklopfen ein. Emely begab sich wieder auf ihren Horchposten. Sie drückte ihr Ohr an die Zimmertür, stets bereit schnell wegzulaufen.

Sie hörte die Männer diskutieren. Alles konnte sie nicht verstehen, aber so viel stand fest. Die beiden redeten von gestern Nacht. Herr Ortner zischte Herrn Müller an: „ Du bist einfach ein Idiot, ich hab dir gesagt, dass sicher jemand zur Bewachung zurückgeblieben ist und du bist auch noch so ungeschickt, dass du dir den Fuß verletzt. Jetzt müssen wir noch länger warten bis …"
In diesem Moment musste Emely niesen, es kitzelte so in der Nase. Sie konnte es nicht zurückhalten. Schnell lief sie den Gang entlang bis zur Dachbodenstiege und verschwand so schnell sie nur konnte.

Herr Müller fragte Herrn Ortner ob er auch etwas gehört hätte, doch als dieser die Tür einen Spalt öffnete, war niemand mehr zu sehen. „Ich glaube dieses Haus hat Ohren!", Herr Ortner schüttelte zornig den Kopf.

Emely ließ sich aufs Bett fallen und schilderte den anderen war sie gehörte hatte.

„Glaubt ihr nicht, dass es jetzt an der Zeit wäre Opa und Oma Bescheid zu geben?", Marco sah ängstlich in die Runde. Leni konnte ihm nur beipflichten, doch Emely und Tobias hatte das Jagdfieber gepackt.
„Jetzt versuchen wir erst mal den Sack zu finden. Weit weg kann er ihn nicht gebracht haben. Wir haben erst mal sicher Zeit bis Mittag, denn es sind beide bis dahin im Haus.", Emely war total aufgeregt. Tobias pflichtete ihr bei und so beschlossen sie sich auf die Suche zu machen. In der Küche wartete ein riesiger Fresskorb auf sie. Leni musste nachsehen war darin war, denn es duftete einfach verführerisch. Anton hatte panierte Hühnerteile, Semmeln, frisch gebackenen Nussstrudel, Obst, Schokolade und Limo eingepackt. Für Kater Bruno lag ein Stück Extrawurst dabei.
Die Kinder bedankten sich und liefen auf den Hof.
Sie machten sich auf die Suche nach Kater Bruno, der schien aber wie vom Erdboden verschwunden. Sie riefen nach ihm und suchten im Stall und im Garten, aber er war nicht aufzufinden.
„Mensch gerade jetzt wo wir ihn brauchen", Tobias stampfte mit seinem Fuß auf.

Dann beschlossen sie aber allein zum Teich zu gehen. Der Kater würde sicher früher oder später nachkommen, denn anscheinend war er im Wald.

So vergnügten sich die Kinder kurze Zeit später im Wasser. Und wirklich um die Mittagszeit, als sie gerade dabei waren ihr Essen zu verzehren, erschien der Kater. Er kam aus dem Wald und begrüßte jedes Kind einzeln mit einem Kopfstoß, der sie zum Streicheln animieren sollte. Er legte sich dann zwischen die Kinder und ließ sich seine Extraportion Wurst schmecken. Dann nahm er ein kurzes Bad und putzte sich gründlich sein Fell.
„Ich kann es einfach noch immer nicht glauben, dass er freiwillig ins Wasser geht.
Ich muss das unbedingt fotografieren, das glaubt mir sonst kein Mensch", Emely schüttelte ungläubig den Kopf und alle lachten.

Ja, mit diesem Tier hatten sie wirklich einen Fang gemacht! Nach dem Essen ruhten sich alle etwas aus.
Leni setzte sich plötzlich auf und sagte: „Wir sind jetzt mitten in einem Abenteuer. Ich komme mir vor wie in einem der fünf Freunde Bücher von Enid Blyton, die ich so gern lese."
Emily lachte: „ Du hast recht – fünf sind wir auch und statt dem Hund ist es bei uns eben ein Kater."
„Wir sollten uns wirklich einen Namen ausdenken", jetzt war auch Tobias Feuer und Flamme. Alle grübelten über einen tollen Namen nach. Fünf Freunde konnten sie sich nicht nennen, der Name war ja schon vergeben.

Alle machten Vorschläge, aber keiner wurde von allen angenommen, bis Marco den besten Einfall hatte.
„Was haltet ihr von Kater Bruno und die 4”.
Alle fanden, dass dieser Name gut zu ihnen passen würde und auch Kater Bruno schien damit einverstanden zu sein und hatte keine Einwände.
Dann versuchten sie Kater Bruno dazu zu bringen, die Fährte aufzunehmen. Leni hatte für die Fährtensuche tatsächlich ein von Herrn Müller verwendetes Handtuch, das sie aus der Wäsche geholt hatte, mitgebracht.
Der Kater schnupperte kurz daran und drehte sich dann angewidert auf die Seite, um weiter zu schlafen.
„Er ist eben doch kein Hund und er macht nur das was er will!”, Emely war enttäuscht.

So beschlossen sie auf gut Glück das Waldstück abzusuchen. Sie teilten sich auf und durchstöberten jeden Strauch, hoben alte Äste hoch und Tobias blieb fast stecken als er in einen verlassenen Fuchsbau kriechen wollte. Marco konnte ihn nur mit Mühe wieder befreien. Er zog ihn an den Beinen wieder heraus. Kater Bruno beobachtet das Geschehen interessiert und lief mit den Kindern hin und her. Er schnupperte hier und dort, aber wahrscheinlich suchte er eher nach Mäusen und glaubte, dass ihm seine Freunde dabei halfen.
Auch in den Fuchsbau verschwand er für einige Minuten.
Nach zwei Stunden gaben sie die Suche enttäuscht auf.

„Mir ist heiß und ich bin total von den Ästen zerkratzt", jammerte Tobias und ließ sich ins Gras fallen.

„Du hast Recht, jetzt kühlen wir uns mal im Wasser ab und dann gehen wir in die Höhle und dort essen wir den Kuchen. Vielleicht fällt uns noch etwas ein", Marco zog Tobias hoch und alle tauchten ins kühle Nass.
Auch Kater Bruno schwamm ein paar Runden und verschwand dann durch den Wasserfall in die Höhle.
„ Er hat es sich sicher schon in der Höhle gemütlich gemacht. Ich glaub er versteht jedes Wort, das wir reden", Tobias grinste und schwamm an Land.
Schnell trockneten sich alle ab, zogen sich an und begaben sich zum Eingang der Höhle.
Dort angekommen mussten sie feststellen, dass noch mehr Äste als sonst über der Öffnung lagen. Verdutzt räumten sie alles weg und kletterten am Seil hinunter.
„Ich bin mir sicher, dass ich nicht so viele Äste über das Loch gelegt habe, hoffentlich hat niemand unser Versteck entdeckt.", Tobias hob fragend die Schultern. Unten angekommen breitete Leni die Decke aus und holten den Kuchen aus dem Korb. Nichts deutete darauf hin, dass außer ihnen jemand in der Höhle gewesen war.

Nur Kater Bruno mauzte aus dem hintersten dunklem Eck der Höhle und tänzelte hin und her. „Komm schon, du kriegst auch was vom Kuchen ab!", Emely streckte ihm

ein Stück entgegen. Doch er ließ sich nicht locken. Marco ging zu ihm hin um ihn zu holen. Er trocknete ihn mit einem Handtuch ab und setzte ihn auf die Decke, doch er lief gleich wieder nach hinten und versuchte die glatte Höhlenwand hinaufzuklettern.
„Katerchen, was ist denn bloß los", Tobias holte nun seine Taschenlampe aus seiner Hosentasche und ging in den Teil der Höhle. Er leuchtete die Wände ab.
Und da stockte ihm fast der Atem.
„Schnell kommt alle her!" Marco, Leni und Emely stürmten nach hinten. Es war nicht zu glauben, aber in einer Nische in ungefähr einen Meter Höhe lag ein wasserundurchlässiger Sack. „Das ist der Sack", Leni konnte vor Aufregung nur mehr flüstern.

Die Jungs zerrten am zugeknoteten Ende und schließlich plumpste der Sack herunter. Sie schleiften ihn in den vorderen Teil der Höhle, wo der Lichteinfall besser war. Dort machten sie sich an dem Knoten zu schaffen und es brauchte einige Minuten, bis sich der Sack öffnen ließ.
Die Kinder trauten ihren Augen nicht. Vor ihnen lagen nun glitzernde Juwelen, Ketten, Armbänder, Uhren und Ohrringe und eine ganze Menge Bargeld.

Im ersten Augenblick konnte keiner etwas sagen. Alle starrten auf die Beute aus dem Juweliergeschäft Wegener

und sie wussten nur eins. Jetzt mussten sie so schnell wie möglich auf den Hof und die Polizei verständigen.
Ehe die Kinder noch alles weitere besprechen konnten, hörten sie Geräusche in der Nähe des Höhleneingangs. Kater Bruno stellte die Nackenhaare auf, verhielt sich aber sonst ganz ruhig. Niemand wagte es zu atmen. Die Schritte kamen immer näher. Jemand machte sich am Höhleneingang zu schaffen.
Die Kinder drängten sich dicht an die Höhlenwand, in der Hoffnung, dass derjenige, der sich da oben zu schaffen machte, wieder abziehen würde. Doch der Wunsch blieb unerhört.
Plötzlich erschienen zwei Beine in der Öffnung und mit einem Mal sahen sie sich Herrn Ortner gegenüber. Alle starrten sich fassungslos an. Herr Ortner hatte die Situation sofort erfasst als er den geöffneten Sack sah.
„Ich wusste doch, dass ihr mir hinterherspioniert habt. Jetzt sitzt ihr in der Falle. Wagt es ja nicht euch zu bewegen – sonst", er hob drohend die Hand.

„Was ist da unten los", tönte Müllers Stimme von oben.
„Komm runter und sieh dir das an", schrie Ortner zur Öffnung hoch.
„Bist du verrückt, wie soll ich mit dem verstauchten Fuß da runter kommen, ich bin schon froh wenn ich mich mit den Krücken von der Alten auf den Beinen halten kann.
„Marco kochte, denn Bergmann redetet natürlich von

Oma, die ihm sicher die Krücken, die Opa nach seinem Beinbruch letztes Jahr benutzt hatte, geliehen hatte.
„Die ganze Kinderschar sitzt hier versammelt um unsere Beute. Ich hab dir gesagt, dass sie geschnüffelt haben. Aber was machen wir mit ihnen. Du musst etwas zum Fesseln besorgen, denn sie dürfen bis wir verschwunden sind nicht zum Hof zurück. Los beeil dich!"
Von Müller war nur ein Fluchen zu hören und dann machte er sich humpelnd auf den Rückweg.
Ortner holte mit einer lässigen Bewegung tatsächlich eine Pistole aus seiner Jackentasche.
„Denkt nicht mal dran, dass ihr hier rauskommt." Er griff nach dem Kuchen und hockte sich auf einen Stein in der Höhle. Er ließ die Kinder nicht aus den Augen.
Die Kinder getrauten sich nicht miteinander zu sprechen. Sie saßen nur eng aneinander da und Leni und Emely zitterten trotz ihrer Kleider am ganzen Körper.
Marco holte die Badetücher aus dem Korb und hüllte sie den Mädchen um die Schultern. Herr Ortner zuckte unmerklich mit der Pistole. „Setz dich wieder hin und beweg dich nicht mehr."
„Schon gut, ich mach ja nichts", Marco hockte sich wieder nieder.

Leni sah sich nach Kater Bruno um. Sie konnte ihn nirgends entdecken und sie sah fragend die anderen an.

Emely zuckte unmerklich mit den Schultern, auch sie hatte schon nach ihm Ausschau gehalten.
Es dauerte ewig lange, bis Müller zurückkehrte. Er warf Klebeband in die Höhle hinab.
„Bist du gekrochen oder warum hat es so lange gedauert?", schnauzte Ortner nach oben.
„Halt die Klappe, ich musste mir erst die Alten vom Leib halten, die es etwas seltsam fanden, dass ich schon wieder spazieren gehe. Beeil du dich jetzt lieber.
Es wird schon bald dunkel und wir müssen heute Abend noch verschwinden."
Ortner nestelte am Klebeband herum und riss Teile davon ab. Er band sie den Kindern um die Beine und befestigte ihre Hände hinter dem Rücken mit dem Band.
„Wenn ich nur einen Ton höre, klebe ich euch den Mund auch noch zu!"
Die Kinder schüttelten die Köpfe.
„Wenn wir weg sind, werde ich euren Großeltern schon Bescheid geben, wo ihr zu finden seid. Ich bin ja kein Unmensch", er grinste. „ Aber zuerst werden wir uns noch ein köstliches Abendessen schmecken lassen."

Er drehte sich um und befestigte den Sack mit der Beute am Seil. Müller zog den Sack hoch und danach kletterte auch Ortner wieder nach oben.
Die Kinder hörten noch, wie die beiden das Loch wieder zudeckten.

Sie warteten einige Minuten, bis sie sicher waren, dass die beiden verschwunden waren.
Tobias versuchte sich vom Klebeband zu befreien, aber er hatte keine Chance. Auch die anderen waren so verschnürt, dass es keine Möglichkeit gab sich zu befreien.
„Was, wenn sie niemand Bescheid sagen, dass wir hier sind?", Leni musste schluchzen.
„Sei nicht dumm, Oma und Opa werden uns sicher suchen, wenn es dunkel wird und Opa kennt das Versteck."
Marco zerrte an seinen Händen, „wir müssen uns aber vorher befreien, sonst entwischen uns die Kerle noch."
Müller und Ortner waren in der Zwischenzeit wieder am Hof angelangt. Ortner hievte den Sack in den Kofferraum des BMW und wartete ein paar Minuten um nicht zugleich mit Müller das Haus zu betreten.

Kurz vor dem Eingang kam ihm Oma entgegen.
„Ich habe gerade die Kinder im Wald getroffen. Ich soll ihnen ausrichten, dass sie sich keine Sorgen machen sollen, aber sie kommen erst ein bisschen später, weil es heute so schön ist", er lächelte Oma an.
„Und wenn sie so freundlich wären und mir die Rechnung fertig machen würden, ich muss leider nach dem Abendessen abreisen."
„Selbstverständlich, ich habe schon gehört, dass sie dann mit Herrn Müller und dessen Auto zurückfahren", entgegnete Oma.

„Ja, wir sind im Gespräch darauf gekommen, dass wir fast den gleichen Heimweg haben und er kann nicht fahren mit seinem Fuß."
Oma betrachtete Herrn Ortner nachdenklich als er nun im Haus verschwand.
„Komisch was für Gespräch meint der bloß, wo sie die ganze Zeit in unserer Gegenwart kein Wort miteinander gewechselt haben?"
Sie machte sich auf den Weg um die Rechnungen fertig zu machen.

In der Höhle kämpften die Kinder unterdessen mit ihren Fesseln, aber sie saßen einfach zu fest. Plötzlich hörten sie vom hinteren Teil der Höhle ein vertrautes Miauen. Kater Bruno hatte sich in der Nische versteckt, als Herr Ortner in der Höhle erschienen war.

„Kater Bruno", die Kinder schrien alle durcheinander.
Er war einfach klug, denn nun hüpfte er aus seinem Versteck und kam schnell näher. Er beschnupperte das Klebeband an Lenis Händen.
„Versuch es aufzubeißen", bat Leni. Der Kater sah fragend in ihr Gesicht und begann dann ganz zaghaft ihre Hände abzuschlecken.
Marco glaubte nicht, dass Herr Bruno verstand um was es ging, aber er wurde eines Besseren belehrt.

Nachdem er reihum alle vorsichtig abgeleckt hatte, begann er vorsichtig am Klebeband an Lenis Händen zu nagen. Leni zerrte heftig daran und nach fünf endlosen Minuten hatten sie es tatsächlich geschafft. Leni rieb sich die Hände und befreite auch ihre Beine von den Fesseln, dann holte sie Tobias Messer aus seiner Hosentasche und schnitt alle frei.
Einige Minuten saßen sie nur da und knuddelten auf Kater Bruno herum.
„Du bist einfach der intelligenteste Kater, denn ich je getroffen habe.", lobte Emely und alle anderen überschütteten ihn mit Lob und verfütterten alle Kuchenreste an ihren Retter.
Zuerst mussten sie allerdings die Klebestreifen, die sich in seinen Zähnen verfangen hatten ablösen.
„Los jetzt, wir müssen so schnell wie möglich die Polizei verständigen", Tobias schob alle zum Seil um die Höhle zu verlassen.

Marco kletterte mit Kater Bruno am Arm hoch. Leise, damit es die anderen nicht hören konnten, entschuldigte er sich, dass er nicht an ihn geglaubt hatte. Aber der Kater war nicht nachtragend und leckte ihm über das ganze Gesicht.
„Wir dürfen nicht gesehen werden, wenn wir zum Hof zurückkehren, sonst verschwinden die zwei spurlos und

wir dürfen nicht vergessen, dass Herr Ortner eine Waffe hat!" Auch alle am Hof sind in Gefahr, wenn die beiden bemerken, dass sie aufgeflogen sind. Die Kinder beschlossen über das Brett auf den Dachboden zurückzukehren.

Es war schon fast dunkel, als sie schließlich sicher in ihrem Unterschlupf angekommen waren.

Ein Blick aus dem Fenster in den Hof verriet ihnen, dass die zwei noch nicht abgefahren waren. Das Auto war noch da. Emely und Marco wollten hinunterschleichen um die Luft aus den Reifen zu lassen und Leni und Tobias mussten versuchen unbemerkt in die Küche zu kommen, um die Polizei und Oma und Opa zu informieren.

Emely und Marco verließen den Dachboden wieder über das Brett.

Tobias und Leni schlichen über die Treppe nach unten. Sie zitterten beide am ganzen Körper. Im ersten Stock hörten sie Geräusche aus den beiden Zimmern.

„Der hat sogar noch die Ruhe und duscht", flüsterte Leni ungläubig.

Schnell huschten sie in die Küche. Oma, Opa und Anton saßen beim Abendessen.

„Ich habe mir schon Sorgen gemacht, Herr Ortner hat nur gesagt ihr bleibt ein bisschen länger, aber jetzt ist es schon fast acht Uhr", Oma war ärgerlich.

„Lass sie mal, was ist denn mit euch los. Ihr zittert ja beide", Opa sprang besorgt auf.

Nun erkannten auch Oma und Anton, dass etwas nicht stimmte. „Schnell wir müssen die Polizei verständigen. Müller und Ortner sind die gesuchten Diebe, die bei Herrn Wegener das Geschäft ausgeraubt haben!", Tobias brachte nur abgehackte Sätze heraus. Leni nickte: „Bitte ihr müsst uns glauben, es ist die Wahrheit."
In diesem Moment schlichen auch Marco und Emely durch den Kücheneingang herein. Emely erzählte nochmal alles schnell und präzise, das konnte sie am besten von allen.
Opa war schnell klar, dass die Kinder die Wahrheit erzählten. Er lief zum Telefon und schilderte den Polizisten, was ihm die Kinder erzählt hatten. Die Beamten versprachen sofort jemanden zu schicken.

Oma war in der Zwischenzeit kurz aus der Küche verschwunden. Nun erschien sie wieder und sagte erbost: „Die zwei sitzen erst mal fest. Ich hab sie mit dem Zweitschlüssel in ihre Zimmer eingeschlossen und ihn außen stecken gelassen.
Jetzt müssen sie die Tür schon aufbrechen."
„Hoffentlich beeilt sich die Polizei", Anton sah aufgeregt aus dem Küchenfenster."

Opa schloss vorsorglich die Küchentür und auch die Hintertür ab. „Wir warten einfach in Ruhe ab, es wird nicht lange dauern."

Plötzlich hörten sie Gepolter aus beiden Zimmern. Ortner und Müller versuchten aus den Zimmern zu kommen, aber die Türen waren zu robust. Die zwei tobten wie die Wahnsinnigen. Doch Ortner schien sich nicht so schnell geschlagen zu geben, denn alle hörten, wie das Fenster im ersten Stock geöffnet wurde.

„Scheiße, der klettert jetzt über die Mauer herunter", Tobias deutete auf das Küchenfenster. Dort erschienen in diesem Augenblick eins der Beine von Ortner.
Er hatte sich aus seinem Bettzeug eine Abstiegshilfe geknotet.
Alle duckten sich im Raum, aber Ortner hatte keine Augen für sie. Er hastete nur über den Hof aufs Auto zu. Müllers Flüche waren bis in die Küche zu hören. Er hatte auch das Fenster geöffnet und schrie nun aus Leibeskräften: „Wage es nicht mich hierzulassen, ich komm mit meinem Bein nicht runter. Hol mich hier raus. Du wirst das büßen, wenn du ohne mich abhaust!"
Doch sein Komplize drehte sich nicht mal um. Er schloss die Autotür auf, hüpfte hinein und startete.
Emely grinste und in diesem Augenblick sahen auch alle, dass das Luftauslassen eine gute Idee gewesen war. Das

Auto bewegte sich nur im Schneckentempo vorwärts. In diesem Moment rasten auch schon zwei Polizeiautos mit Blaulicht die Einfahrt herauf.

Zwei Polizisten stellten Ortner, der so verblüfft war, dass er gar nicht dazu kam seine Waffe zu ziehen und die anderen zwei wurden von Opa ins Haus gelassen und Müller ließ sich widerstandslos verhaften.
Beide wurden mit Handschellen abgeführte. Kater Bruno konnte es sich nicht verkneifen. Er biss Herrn Ortner nochmal kräftig in die Wade, sodass auch dieser das Polizeiauto nur mehr humpelnd erreichen konnte.

Die Beute wurde im Kofferraum sichergestellt und der Chef der Polizei telefonierte gleich mit Herrn Wegener, um ihn auf den Posten zu bestellen. Er musste die Beute in Augenschein nehmen, ob alles vollständig war.
Nach gut einer halben Stunde war am Hof wieder Ruhe eingekehrt.

Die Kinder merkten erst jetzt wie hungrig sie waren und Anton zauberte schnell ein Abendessen für sie und natürlich ein Extramenü für Kater Bruno.
Oma war noch ganz aus dem Häuschen. „ Wie bringen wir das bloß euren Eltern bei. Ihr ward in Lebensgefahr und das hier bei uns!”

Opa beruhigte sie: „Es ist doch alles gut gegangen. Reg dich nicht auf, ich werde dann mit den Kindern telefonieren und ihnen alles erklären!"
Das tat er dann auch kurze Zeit später und natürlich wollten die Eltern der Kinder sofort anreisen, aber Opa konnte sie davon abhalten und sie davon überzeugen, dass es allen gut ging. Sie sollten sie nur noch die nächsten zwei Ferienwochen genießen lassen und selbst eine Woche Urlaub bei ihnen machen. Alle stimmten schließlich, nachdem sie mit den Kindern gesprochen hatten, diesem Vorschlag zu. Alle freuten sich dass sie nun doch noch den Rest der Ferien bei Oma und Opa verbringen durften. In dieser Nacht schliefen alle ohne Unterbrechung tief und fest.

Um zehn Uhr rief Oma nach ihnen. „Kommt runter – es ist Besuch für euch da!"
Schnell zogen sich alle an und liefen nach unten. Herr und Frau Wegener saßen bei Kaffee und Kuchen in der Küche. „Wir möchten uns bei euch ganz herzlich bedanken. Der ganze Schmuck, die Juwelen und das Geld sind wieder da! Dafür habt ihr euch natürlich eine Belohnung verdient", Herr Wegener machte es wirklich spannend.

„Wir haben in Spanien ein Ferienhaus und wir würden uns sehr freuen, wenn ihr eure nächsten Ferien mit euren

Eltern oder Großeltern dort verbringen würdet. Das Haus ist direkt am Meer, aber es gibt natürlich auch einen Swimmingpool."

Frau Wegener lachte und fügte hinzu: „Natürlich ist auch der eigentliche Held Kater Bruno recht herzlich eingeladen, denn wer schwimmen kann, kann sicher auch einige Stunden Autofahrt vertragen.

„Autofahren ist neben Schwimmen seine Lieblingsbeschäftigung", grinste Marco. Leni drückte Kater Bruno liebevoll an sich: „Hast du gehört, wir verbringen die nächsten Ferien wieder miteinander", dabei kullerten ihr die Tränen über die Wangen.
Alle schauten ganz betroffen drein. Daran hatte sie noch gar nicht gedacht. Sie mussten bald wieder heim und Kater Bruno zurücklassen.
Oma befahl: „Keine traurigen Gesichter!, ich habe schon mit euren Eltern gesprochen Leni. Sie haben nichts dagegen wenn du Kater Bruno zu dir nimmst."
„Habt ihr da auch wirklich nichts dagegen", fragend sah Leni zu Marco und Emely.

Die zwei schüttelten den Kopf. Sie wussten dass Kater Bruno bei Leni gut aufgehoben war. „Aber nur wenn er bei allen zukünftigen gemeinsamen Unternehmungen dabei ist", Emely umarmte Leni und Kater Bruno. Leni konnte vor lauter Freudentränen nur nicken.

Herr und Frau Wegener machten sich bald auf den Heimweg, denn sie mussten noch einige Sachen klären. Sie ließen aber auch noch einen Umschlag mit Geld für die Kinder und eine riesige Wurst für Kater Bruno da.
Auch die Polizei rief kurz darauf nochmal an. Opa sollte mit den Kindern nochmal auf den Posten kommen um die Geschehnisse genau zu schildern.
Opa lieferte die Kinder auf der Polizeidienststelle ab, wo alle ihre Aussage machen mussten und diese auch unterschrieben.

„Wie in einem Krimi", kicherte Emely. Zum Schluss wurde ihnen auch noch mitgeteilt, dass ihnen eine Belohnung zustand. Ortner und Müller waren zwei langgesuchte Juwelendiebe, die im ganzen Land gesucht wurden. Sie hatten zahlreiche Juweliere ausgeraubt und ein Großteil dieser Beute konnten in einem Lager unweit der nächsten Stadt sichergestellt werden. Müller war nämlich so sauer auf Ortner, der ihn im Stich gelassen hätte, dass er sofort mit allem auspackte. Die zwei kamen nun für einige Jahre hinter Gitter.

Am Nachmittag saßen alle unter dem großen Baum im Garten und genossen den schönen Sommertag.

„Ich kann mir nicht vorstellen, wie das sein wird, wenn wir uns erst in den nächsten Ferien wieder sehen", Marco streichelte gedankenverloren den Kater.
Auch die anderen waren betrübt.

Aber Oma hatte noch eine Überraschung für sie. Eure Eltern haben gerade angerufen und mir mitgeteilt, dass ich euch heute schon die gute Nachricht überbringen darf."
„Was denn Oma, mach's nicht so spannend?" Emely riss die Augen auf.

„Ihr kommt nächstes Schuljahr die Woche über ins Internat, weil der neue Schulweg so lange ist, das wisst ihr ja bereits. Aber das Beste ist, dass jetzt der Entschluss gefallen ist euch alle auf die gleiche Schule zu schicken. So seht ihr euch die ganze Woche. Marco und Tobias steigen in die zweite Klasse ein und Leni und Emely in die erste. Ist das nicht toll?"
Die Kinder jubelten und fielen sich um den Hals.
„Halt", rief Oma, „das Beste wisst ihr noch nicht."
„Was?" wollte Leni wissen.
„Haustiere sind erlaubt – was bedeutet." Der Rest ging im Geschrei der Kinder unter.

Kater Bruno und die 4 konnte niemand mehr trennen.

Anita Brandner

wurde 1967 in Villach geboren
und wuchs in Tangern bei Seeboden auf.
Nach der Matura lebte sie zehn Jahre lang
in Salzburg und arbeitete als
Reisebüroangestellte und Receptionistin.
Sie ist verheiratet und Mutter von drei Kindern.
Nach ihrer Rückkehr nach Kärnten übt sie
derzeit ein Angestelltenverhältnis aus.
In ihrer Freizeit ist sie als ehrenamtliche
Rettungssanitäterin beim Roten Kreuz tätig.